开学第一课

国家教育部、中央电视台联合推荐
全国中学生梦想美文优秀作品

暖风吹着幸福的油菜花

《开学第一课》编写组　编

时代文艺出版社

图书在版编目（CIP）数据

暖风吹着幸福的油菜花 /《开学第一课》编写组编. —2版.
—长春：时代文艺出版社，2016.2（2023.7重印）
（开学第一课. 中学生）

ISBN 978-7-5387-5015-7

Ⅰ. ①暖… Ⅱ. ①开… Ⅲ. ①中国文学－当代文学－作品综合集 Ⅳ. ①I217.1

中国版本图书馆CIP数据核字（2015）第286634号

出 品 人　陈　琛
责任编辑　孟宇婷
装帧设计　孙　利
排版制作　隋淑凤

暖风吹着幸福的油菜花

《开学第一课》编写组　编

出版发行 / 时代文艺出版社
地址 / 长春市福祉大路5788号　龙腾国际大厦A座15层　邮编 / 130118
总编办 / 0431-81629751　发行部 / 0431-81629755
官方微博 / weibo.com / tlapress　天猫旗舰店 / sdwycbsgf.tmall.com
印刷 / 北京市一鑫印务有限公司
开本 / 710mm × 1000mm　1 / 16　字数 / 109千字　印张 / 12
版次 / 2016年2月第2版　印次 / 2023年7月第3次印刷　定价 / 36.00元

《开学第一课》编委会

《开学第一课》的价值

有人问我，《开学第一课》的价值在什么地方？我认为最重要的就是全社会希望并通过我们传递出来的价值观。多元是时代进步的标志，我们尊重不同的声音和价值理念，但是作为教育部和中央电视台联手举办的这项公益活动，我们要传递的是主流的、与时俱进又符合中华文明传统的价值观。

在2008年，我们通过《开学第一课》传递了抗震精神和奥运精神；2009年正值新中国60周年华诞，我们在象征着民族精神的长城，为孩子们播撒下爱的种子；2010年，我们告诉孩子们，一个拥有梦想的民族，一个不断仰望星空的民族，就是拥有未来的民族，人生的每一个阶段都需要梦想的指引、坚持和探索，而每个人的梦想汇集起来就可能成为国家的梦想、民族的梦想。

举办《开学第一课》三年来，我个人也有一个梦想，我梦想这项目光远大、朝气蓬勃的公益活动能够坚持举办10年，让它给这一代孩子的成长提供正面的、积极向上的力量，这就是《开学第一课》的意义所在。

我希望全社会的力量汇集起来，给孩子们一种价值观的教育，中央电视台愿意承担使命，联同教育部把这项公益活动做好。我们也欢迎全社会各界积极参与、支持，从出版、纸媒、网络、志愿行动、慈善事业等各个方面，加入到这个追逐共同梦想、打造恒久价值的公益活动中来。

由此，我亦十分高兴地看到《开学第一课》系列丛书的出版，我相信时代文艺出版社正是基于我们共同的理想，以出版的力量为孩子们的未来创造了更丰富的阅读食粮，为《开学第一课》的精神理念提供了更多样的传递方式。

中央电视台 许文广

CONTENTS

目录

第一部分　那时木棉花开

第二部分　生活一直很幸福

第三部分　星光的味道

第四部分 脊背上的花

第五部分 快乐的颜色

第六部分　跳动的季节

第一部分

那时木棉花开

我撑着蓝色的小伞，站在街边的某个角落，希望陌生的背影后会是一张熟悉的脸。我只想告诉你，我也希望我们是兄妹，亲生的兄妹。

我开始一条街一条街地往前走，希望你就站在下一个街口……

——柳轩蓝《那时木棉花开》

你是一树一树的花开

管 原

一

遇见她的时候，我正在满头大汗的修理我的那辆破自行车。夏日的中午燥热而沉闷，我和车挤在树下仅有的一片阴凉，车链子的那种上黑黑的油腻的东西，弄了满手。

她就在这时候走过来，朝我这边看了看，显然是不好意思主动打招呼。我记起她是我的新同学，却怎么也想不起她的名字。我总是这样，能够记住复杂的物理公式，能够背下枯燥的数学例题，但与女孩子搭讪天生就不是我的强项。

她依然站在那儿，一副欲言又止的样子。我知道我要是再不开口就有点说不过去了。于是抬起头，装作刚刚发现她的样子，挤出一副虚伪的笑容："嗨，咱们一个班的呢。"

她终于鼓起勇气开口了："我知道这附近有一个修车铺，去那儿修吧。”

于是，在高中开学第一天，在炎炎烈日之下，空旷的大街上并排走着两个稚气未脱的孩子。一个推着一辆破自行车，一个低头搓着手，两人之间至少留有一米半的距离，一路上谁也不曾主动开口交谈。

二

班主任点名时，我特意记住了她的名字。安小悦，一个很安静的名字，偷偷往她座位那边瞟了一眼，她安安静静地坐在那个角落，不算很漂亮，但还算清秀。不知她是不是也记住了我的名字，我觉得是，她看起来就是那种什么事情都用心的女孩子。

没过多久，就已经有大量的事实证实了我的判断。她上课从来都是认认真真的，不事张扬，老师点到她的名字时，她会站起来轻轻说出正确答案。不出两个月，大家已经开始对这个普通的女孩刮目相看。

我对她真正的刮目相看是在第一次考试之后，从小学到初中一直夺魁的我在她的名字下屈居第二。当不绝的祝贺涌向她，她只是不好意思地笑笑，依然安安静静的，仿佛这些荣誉与她无关。

于是，生平第一次，开始暗暗关注一个女孩子。

三

老师总是偏爱成绩好的学生。正因如此，班主任总会叫我和她一起去协助他做一些工作。很多时候都是班主任与我们谈心，谈学习，谈生活，谈人生观与价值观。更多的时候，只有我们两个在班主任的办公室，登成绩，批作业，或是填一些无关紧要的表格。我喜欢这种时候，看她在那里认认真真的工作，总会有一种莫名的感动。

我似乎越界了。我开始把偷偷看她当作一种享受。我开始渴望被班主任叫去帮忙的时候。不，这不是我，印象中的自己应该是无所牵绊的，是全部心思扑在学习上的，是听见女孩子叽叽喳喳就烦得要命的。可是和她在一起，我甚至会忘记自己，世界中只剩下她清秀的面庞，浅浅的笑容和轻柔的声音。我一再告诫自己，绝对不可以。可是，总会有另外一个小人儿跳出来，把这个声音推倒，打败，直到自己的理智举起白旗。

一次放学后，班主任因有急事要走，便请我们帮忙填一份班级同学的学籍档案。办公室不能锁门，我主动留下来看守，让她先去吃晚饭。她很快回来了，带着两份盒饭，给我一份，自己留一份。看我惊讶的样子，她笑笑："知道你忙起来就不吃饭，先看着你吃了，吃完再填档案。"我慌忙低下头去，脸热得要命，连谢谢也忘了说。

那一顿饭，我吃得味同嚼蜡。在怦怦的心跳声中，我只是在机械地重复着吞咽的动作，连头都不敢抬一下。

四

之后的日子，除了学习、工作上必要的接触，我不敢与她多说一句话。我毕竟知道这个阶段的第一要务是什么，在这个错误的时间里，我什么也不敢想，什么也不敢做。只是这样远远地看着她，我就已经很知足了。

转眼到了高三，大家学习的热情空前高涨。我自然不例外，周末都会跑到学校去自习。不仅因为我喜欢学校的学习气氛，更是因为教室一角里的那个影子。

一个周末，我推开教室的门，意外的发现教室里只有她一个人。努力按捺住心中的狂喜，我到自己的座位坐了下来。一会儿，她轻声叫我，说有道题目想请教我一下。我接过题跟她一起讨论，说着说着就扯远了，聊到我们的兴趣爱好，聊到各自的家庭，也聊一些平常而琐碎的事情。终于见到了她活泼开朗的一面，说到有趣的事情也会咯咯地笑个不停；我惊讶于自己怎能如此口若悬河，聊天扯皮通常都是我所不屑的事情，可是与她在一起，我觉得自己有说不完的话。

时间过得很快，一会儿就到了该回家的时候。我小心翼翼地提出送她到公交车站的清要，她有些不好意思地笑笑，算是允许了。一路走过去，我推着自行车，她在我旁边走着，一如我们的初次相遇，有所不同的是，女孩不再低头手搓衣角，男孩也不再闷声走路，两人有说有笑，距离也不知不觉近了许多。

五

决定命运的考试终于还是来了。她发挥得很好，如愿考入了那所许多人所景仰的学校。而我由于种种原因考得很差，去了南方的一座不起眼的城市。报完志愿的那天晚上，我约她出来，没有说什么，只是那样低头走着，不记得走了多远，也忘了当时在想些什么，只记得那夜繁盛的星斗，焰火般绚烂。

我收起所有关于她的记忆，只留着她写给我的一首小诗，是林徽因的《人间四月天》，那一纸娟秀的字迹一直被我夹在日记里珍藏。

我至今仍可以清晰地背诵那些娟秀的诗句：

你是一树一树的花开
是燕，在梁间呢喃
你是爱，是暖，是诗的一篇
你是人间的四月天

星星流浪的城市

闫晨晓

许多年后的现在，我依然时常问自己：如果当初我没有离开乡村，一切会是怎样。

如果说母体是我最初生长的宫殿，那么乡村便是我成长的摇篮。我睁开眼睛的第一刻，嗅到冬季乡村干燥的空气所特有的凛冽，夹杂着鞭炮的淡淡硝烟味构成了我对世界最简明的印象。那年冬天是北方罕有的寒冷和漫长，我在接近年尾的时候出生，祖父说我生在从旧向新的过渡上，本身就带着福气和希望，所以他给我起名叫锦希。

在我刚满一岁的时候，父母为了生计不得不南下打工，他们把我抱在怀里亲了又亲，最终含泪把我交给祖母，毅然离去。祖母向我讲述这段旧事时露出舒心的笑，她漏风的牙齿含糊不清地说："你那时一点都没哭，我把你从你娘手里接过来时你还冲着我直笑。"大概我的生命注定要从乡村出发，注定与繁华和喧嚣格格不入，想来还不懂事的我已对自己的人生轨迹做出了选择——即使被动，却满心欢喜。

乡村生活极其简单而淳朴，人和人之间的关系亦澈透得仿佛山冈上的清泉。我一天天长大，学会说话，学会走路，学会奔跑，逐渐在风里成长为明眸皓齿的小姑娘。祖父和祖母都很疼爱我，他们总说我和年少的父亲一样活泼好动，浑身有发散不完的热情，挥霍不尽的快乐。祖父是镇上的教书先生，他有长长的白胡须，像个修道成仙的隐士，在镇上德高望重，他在每个日落的黄昏教我读书，他悠远浑厚的声音似能直上云霄，我跟着他乖乖地念："古道西风瘦马，夕阳西下，断肠人在天涯""烽火连三月，家书抵万金"……夕阳如锦，云低雁归，村庄像是疲乏的老人般眯起昏睡的眼睛，山峦呈现出墨绿色的轮廓，在昏沉的暮色中若隐若现。

我那时尚不懂祖父教诵的诗词中蕴涵着怎样的人生况味，但在那般意境中总会觉得心如止水，如同祖父斑驳皱纹中透着的安详和淡泊。相比之下，祖母是没什么文化的传统老妇，她的人生哲学很简单：善有善报。她是这样坚信的，也是这样做的，别人于她滴水之恩，她必要以涌泉相报，对于那些狠毒、没有良知的人，她亦以最博大的胸怀包容和原谅。可以说，祖父和祖母给我最初的人生启蒙，他们的言传身教使我在耳濡目染中成为内心良善、温婉的姑娘。

那时我对父母的概念很模糊，他们一年回来看我两次，除了带来大包的零食和大把的钱，还带来了我陌生且讨厌的城市气息，那是与乡村的泥土、花香截然不同的铜臭。我喜欢村人的淳朴，喜欢他们脸上洋溢的对丰收的感恩和对生命的顶礼膜拜。除了祖父母，布袋哥哥是与我最亲的人。

布袋哥哥是村主任的儿子，他比我大5岁，我12岁的时候他已经长成了挺拔英俊的少年，我们在一起做过很多疯狂的事，比如掏鸟窝、粘知了、打雪仗，我也是跟布袋哥哥学会爬树的，这时的我全然不像个女孩子，而是整日和布袋哥哥穿梭在深山密林中。春天的山野花开如海，布袋哥哥会做很漂亮的花环给我，他总说："锦希，你是大自然中最美的那朵花。"我朝着他羞涩地笑，沉浸在这般庞大的寂静中满心安然。

山坡上有条清澈的湖泊叫花溪，我和布袋哥哥喜欢坐在湖边想心事。祖父曾说湖泊是大地最美的眼睛，只有内心纯净的人才能读懂湖泊的心事。湖泊的前世和来世什么样？它也会有心事么？我们还曾在山的背坡发现一大片葵花地，金色的花朵朝着阳光绽放笑脸，盎然生机一览无余，我想我是在那时候确定自己是钟爱这种植物的，但回到城市后我再也没有见过这么饱满的美。

我喜欢和布袋哥哥打赌，我们的赌注由小变大，从门前的小溪到山上的那片树林，我总是输，唯一一次我赢得了山坡后面的那片葵花地。

我忘记那年是谁先提议去捅马蜂窝的，总之我们的下场很惨，准确地说是布袋哥哥很惨，因为他把衬衣脱下来罩在我头上，才使得我没有"花容失色"。为这事村主任发了很大的脾气，但碍于祖父的面子没有严斥我，布袋哥哥却被锁在家里面壁思过，当然他的"千疮百孔"也不允许他再出门。

布袋哥哥的脸过了好长一段时间才好了，我暗自庆幸他没毁容，否则我不但得受一辈子的自我谴责了，按照祖父母的处世原则说不定还会让我给他做奴当婢伺候他一辈子，那我岂不是损失大了。17岁的布袋哥哥已经有了很超前的经商头脑，他看到我做的手工艺品后赞不绝口并提议我们拿到城里去卖，不仅能赚得零花还能顺便玩玩，我皱了皱眉头，不仅是因为祖母教我手工时不慕荣利、安然享受的神情，更因为我记忆中带有臆断性的对城市的反感——

那该是怎样一个声色犬马的世界啊。但我最终经不住布袋哥哥的怂恿，又因曾亏欠他一份情，便答应了下来。

我不知道布袋哥哥是怎样说服了进城卖瓜的果农准许我们搭乘他的三轮车的，我问他他也不答，我便不再理睬他。我们躺在西瓜堆里，风从四野蹿上来，星辰在头顶闪烁着微弱的光。路旁的树木渐次后退，像是剪接而成的老电影般带着鬼魅的色泽，这样的时刻，人的呼吸显得十分清晰，内心亦在寂静中获得了安宁和自省。我转过头去看布袋哥哥，他微闭着眼睛，长长的睫毛上似有露珠般闪着莹莹的光，不知为何，我竟觉得他身上有些祖父的淡泊和清远。

那是我第一次见到城市，它像个巨大的万花筒般光怪陆离，川流不息的车辆和人群挤满了有限的视野，眼睛般的霓虹灯把天空映得五颜六色，我新奇又惊恐地看着这个完全新鲜的世界，对于自己的闯入心生畏惧。布袋哥哥带我去了人民广场，我们把带来的一袋手工艺品摆在地上，站在旁边等着路人的垂问，或许是城里人从未见过这些新奇玩意，或许是布袋哥哥长相俊美，总之那晚我们的收获颇丰，布袋哥哥也得到了极大的心理满足，因为不断有女孩子羞涩地注视着他，天南地北地问东问西。布袋哥哥比起城里那些衣着奇特的少年自有干净清爽的风格，况且天地的滋养使得他身材挺拔又雄健有力。那些女孩子睁着因画眼影而五彩斑斓的眼睛问："这些是从哪里进的？"这时候布袋哥哥就会特别骄傲地回答："这些可是进不来的哦，这都是我妹妹做的，她叫锦希，锦色的希望。"

当然我们也会遇到不讲理的顾客，有些人拿走我们的东西却不肯付钱，布袋哥哥便会不依不饶地追要，有几次要不是我拉着他，他差点就遭了别人的拳头。城里人比乡下人有钱，却比乡下人更吝啬，我在心底狠狠地鄙视这个群体，这或许已形成了我对城市根深蒂固的排斥。

收工后布袋哥哥给我买了棉花糖，然后带我打游戏，那也是我第一次知晓这世上还有电脑这东西。我忘记了那个游戏的名字，因为不懂所以布袋哥哥说他在前面开路我只管捡宝就行。我在那个游戏里叫“惺惺相惜”，布袋哥哥叫“锦衣欲行”，他说：“多好，我们的名字首尾相连便是你的名字。”我朝他做了个鬼脸，“那你干吗搞得这么惆怅，好像我要远走高飞似的。”

“你终要回到城市，不是么？”

我低下头，不知如何作答。很多年后，我偶然在一本青春小说上读到这样一段话：“城市只是生命中的建筑，再辉煌、气魄、宏伟，不如一尺地基来得深厚，更不如一人举袖遮眉来得盎然。”

祖父知道我们进城后不再允许我晚上出去，他语重心长地说：“锦希，你要记得你的根在乡村。无论你走多远，无论你看到的世界有多漂亮多繁华，那都只是假象，那都是人们自作主张给乡村增加的装饰，真正的乡村独立于世，真正的乡村是你的根，是你永远的土壤。”我看着祖父深邃的目光似懂非懂地点点头。

不能和布袋哥哥在一起的晚上是极其无聊的，祖父在他的屋子里看书，祖母在灯下做针线活，我则搬着凳子坐在院子里无所事事。“锦希，锦希……”声音很小但我还是听出来了，布袋哥哥！我打开门，看到布袋哥哥举着好像灯笼般的东西笑意盎然，他把灯笼递给我便挥挥手跑开了，我仔细看才发现那是装着萤火虫的玻璃罐，亮亮的，仿佛星星的眼睛。

从那以后布袋哥哥每天都会送一只萤火虫给我，我把它们放在院子里，常常看得出神。

那年的年末，父母从南方赶回来给我庆祝生日，他们讨好般地问我："锦希，你已经十三岁了，是个大姑娘了。这些年，爸妈没有好好照顾你，你跟我们回城市好吗？爸爸和妈妈在城里买了房子，我们有钱了，可以好好陪你了。锦希，你愿意吗？"

"我为什么要回城里？我为什么要跟你们到城市？！"我像头暴躁的小兽哭出声来。

"锦希，爸妈知道对不起你，这些年让你受了很多委屈，我们会补偿你的。回到城市，你可以读最好的学校，穿最漂亮的衣服，只要你想要的，爸爸和妈妈都可以买给你。"

我想要山坡后面的葵花地，你们能买给我吗？我想要夜晚飞闪的萤火，你们能买给我吗？我想要祖父的白胡须，你们能买给我吗？我想要祖母安详的笑容，你们能买给我吗？我想要布袋哥哥陪我玩，你们能买给我吗！

无论我怎样反抗都是无济于事，我终要被带到城市——我眼中镶满珠宝的人间地狱。布袋哥哥还是朝着我没心没肺地笑，"我怎么说来着，你终是要回到城市，我们最后一个赌，你又输了。"

"可是我没有什么东西可以作抵押了。"

"答应我要快乐，就好。"

祖父的眼睛里有道不尽的无奈和不舍，他抱起我有些气喘，"小希长大了，祖父已经抱不动你了。"祖母还是用漏风的牙齿说着絮叨的话："希希，要做善良、温和、知晓感念的人，我和你祖父……"她别过头去，皱纹纵横的脸上泪水涟涟。

父母确如允诺的那样给了我优质的生活，他们挣得钱越来越多，带我出入的场合也越来越高级，灯火通明的城市有着数不尽的歌舞升平和未知的悲欢离合，然而斑斓的灯光哪有萤火来得朦胧而温暖，呆板的表情哪有布袋哥哥的笑容来得干净而清爽？城市里没有我要的天堂。

我离开后不久布袋哥哥就当了兵，且这一去就是遥远的新疆。我们的联系几乎是就此中断，我只能在看望祖父的时候从他嘴里听说零星的消息，曾经的那个少年，似和我的生活一刀两断了。

我再也没有见过他，可是我无比想念他。

青春四人行

苏心糖果

转到这个班以后，我在这个班最后一对情侣的分手中迎来了高二的第二学期期末考。

相对于年级唯一一个文科实验班，这个班叫作普通班。舒问我有没有后悔过因为选地理而舍弃前途光明的政治实验班。我说，当他们吵闹的时候，有。

一年了，从实验班中脱离出来一年了。一年之内大块转了化学又回到地理，舒就依然地在化学班里坚持她的心理医生的崇高理想。学校的凤凰花开的时候，小羽终于回来了，带着一身脏兮兮的衣服和一个大大的旅行包。他的流浪旅程结束了。

我们四个又重新聚在一块了，当我们并躺在草坪上时，本以为会倾诉很多很多，却没有一个吱声。就那样静静地瞪着天上无数的星星渐渐地变少。

终于，小羽先开口了。他翻身坐起来："你们三个别再装哑巴了？给我讲讲你们的近况吧。"大块也坐起来，嘴里咬着一根小草，含糊地咕哝一句："近况就是我们多了一个从外地回来的学弟啊！”小羽一听就急了。很明显的，这是在嘲弄他啊，他高一第二学期就辍学离开，所以，全部的科目都要重新学一次。他恼怒：“这不算是近况，依依，你说。”我坐起来，抿了抿嘴唇，说：“挺好的。”舒也坐起来了：“我，没有什么好说的。”

小羽一听就急得像被惹恼的狮子般。他跳起来，扯大嗓子骂：“你们是不是不把我当一回事了？本想好好地聚聚，你们一个个却像参加丧礼似的一声也不吭。早知道，我就不回来了。”

大块飞快地像我和舒打了个眼色，笑了笑说：“小羽，你这小子还真给他俩唬住了？她们是为了惩罚你一年来都不给我们打电话，故意气你的。来，我们四人帮好久没有一起去K歌了，对不对？大块边搂着小羽走在前面边用左手朝身后的我们使手势。”

我和舒对望了一眼，苦笑，今天的五张试卷和二十道习题是完成不了了。

她也苦笑：“我还不是一样。走吧，舍命陪学弟吧。”

不过，那真的是我们上高中来最开心的一晚。

度过最愉悦的一晚也得迎接最痛苦的一天。

第二天，我和舒都是顶着一双熊猫眼，哑着鸭子嗓音度过的。小羽呢，在高一的课桌上无忧无虑地会周公。大块的妈妈比较疼他，替他向班主任请了半天的病假给他补眠。谁让他成绩那么好呢？根本就不用操心的。

“叩叩”窗外是小羽干净的俊脸正贴着玻璃做了一个大大的鬼脸。我这才想起来，自从K歌后已有一个星期没和他们碰头了。看看班中的同学，男的一脸妒忌，女的一脸花痴，放下手中的笔，排除万难后走出教室。静候小羽的命令。

倚在走廊的栏杆上，吹着河上吹来的凉风，啊，好久都没有这么的惬意了。

“你们最近在忙什么？”小羽一脸的不爽，“全部都像躲瘟神般躲着我。”

望着身旁比我大1岁半，高我两个头的学弟，我只能羡慕他现在的生活，有事没事都可以睡睡觉，打打球。

“为什么不说话？心虚啦？”他追问。

我默不作声，看着树枝上的枯叶，怎么看都觉得那像小羽。到了一定时候，便会如我们一般，飘落在泥土上。

我说：“等你到了我们这个时候，你便会明白了。我还有习题要做，不聊了。”

转身后才发现，有两个满脸好奇的女生堵在门口，一脸诧异地盯着我和小羽。我扯了一下嘴角，露出一个“笑”，“麻烦”让一让。两个门神就马上闪到一旁。没错，这些很闲的人在我的眼里都是麻烦的代名词。只是，我非常的嫉妒这些可以自由地作花痴梦的麻烦。

凤凰花谢了，木樨花就开了。木樨开花时，我闻到了一阵阵别离的忧伤。

刚刚进到课室就有人告诉我，高三级的都要回校本部上课。

校本部，东校区，校本部，东校区……我飞快地跑出教室，12班，11班，10班，到了。

舒，舒，我惊恐地叫着，完全顾不上几十双好奇的眼睛。舒连忙跑出来，把我带到楼梯拐角处。舒说：“我知道是什么事。”

我无力地倚着墙壁，我们好不容易才重新聚在一块，想不到，又要分开了。“舒，小羽会不会伤心呢？”

“你又犯傻了？我们都这样了，小羽更加伤心了。”她无奈地说。

“那，大块呢？”

“大块，大块要转学了。”舒说得有点伤心，有点不舍，有点心虚……

“你，和大块。什么事？”我和她认识多年，她的神情告诉我，她有事情瞒着我。

“我们的交往的事情被他妈妈知道了。”

“而我和小羽却还蒙在鼓里。”

我深呼吸了一口气，“什么时候开始的？”

“初三毕业后。”

“为什么不告诉我们呢？我们是最好的朋友啊。”

“因为……”

“算了，我不想知道。”

走出阳台，我忽然觉得消失了半个多月的阳光十分的刺眼，树下斑驳的落叶，干燥得让人抓狂。

期末考最后一科考完后，小羽来找我，一副刚从战场回来的样子。

走，我们去聚聚。根本就不理我的意见，说完就拖着我走。

还是那片草地，还是那些眼睛，还是那四个人。不同的是，上一次是重聚，这一次是别离。

依然是小羽先开口说。依依，你就别再生大块和舒的气了，毕竟，我们又得分开了。他抬头望着星空，不再出声。一阵阵啜泣声在沉寂的黑夜中蔓延，是舒，强忍许久的泪水终究敌不过多年的友谊，我也开始小声地哭泣。到最后，两个女生干脆抱在一起号啕大哭。

一张洁净的纸巾递到舒的面前。大块。舒低喃。却无语地抬头与他对望许久。

我们还是好朋友。他说，话里有太多的不舍与愧疚。我和舒同时放开彼此，扬起唇，只是舒的笑里有点落寞，也有点不舍。

“哼，”小羽不满地嘟囔，“你们又不管我了。”

“学弟，学姐和学长说话时，你不要插嘴哦，这是不礼貌的。”舒强打精神笑道。

“你，我大人不计小人过。”喏，小羽拿出三张白纸。

“这是什么？我接过，不解。”这是谁的邮箱地址？

“我的。”小羽搔了搔头说，“你们高三了，没太多时间和我联系了。所以就……大块，你一定要回来找我们哦。”

“小羽，你长大了。”舒说。

“废话，谁叫你们这样没良心，临走也不来找我？还想我制造午夜凶铃吗？”

我和舒、大块互望了一眼，不约而同地从口袋里掏出早已写好的邮箱地址，向小羽的脸扔去。

“好啊，你们合伙欺负我？看我怎样还击……”

在我们四人帮分别的时候，高二结束了。青春，是一片朦胧的叶子，无论如何成长，都看不清其中的叶脉。但是，很幸运的是，在四个人的青春里，我找到了一个最温暖的归处。虽然在我们刚长出羽翼时，就展翅纷飞了。但是，这个归处，我们将会永远拥有，因为，我们曾经年轻，曾经青春，曾经拥抱过彼此……

那时木棉花开

柳轩蓝

在这个“青春”的字典里，没有任何一个值得你为他流泪的人，值得你为他流泪的人是永远不会让你流泪的。

——题记

阳春三月，烟雨朦胧，柳絮飘飞。空气潮湿，风还带着寒意，几千个人挤在一个狭窄的蓝色的围城里，一天天地等着发霉。

我撑着蓝色的天堂小伞，站在喧闹的街口，看一股一股陌生的五彩伞流，看着紫荆花一瓣一瓣地落，想起那时木棉花开。

去年的今天，天气与我的心情很自然地成反比，空气清新,阳光灿烂，吹拂着的风是何等的温暖。刚被老妈训完，说我什么都不会，只会写些乱七八糟的不能当饭吃的东西。心情十分低落，阳光刺得眼睛特别地疼，疼得红肿红肿的。其实，我也希望下一手奥妙的棋，拥有一幅天姿容颜，跳出一段优美的舞，取得一张满分的成绩单，做妈妈心目中的乖孩子。可惜，我什么都不会，只会写一些乱七八糟的东西。我是个可怜的人儿，连天空也不会为我掉半滴眼泪。

随着我的稿件一遍遍地从《春蕾》那里退回来，我对生活可以说是彻底地绝望。

世界是如此的苍凉，苍凉到让我学会只相信一样东西，就是人在倒霉的时候会有很多连锁反应，就是喝白开水都会塞牙缝，穿上道袍也能撞鬼。

因为一模的落榜被老陈叫去上了足足3小时的政治课，不过也好，免了三节晚自习。

昨晚奋斗到三更，今早成了“国宝”，当抱着大摞大摞的书向五楼倒计时冲刺时，在第一层楼梯口转角，我慌慌张张地撞了个人，书撇了一地,湿了，地板刚拖过。嘴里一个劲地说对不起，手一个劲地去拾书，心一个劲地埋怨老天，眼泪一个劲地流……

“给。”一双手伸过来，一包纸巾，一叠书，心相印的茶香扑鼻。

“谢谢！”我头也没抬地往上冲，最后一分钟，我不想做个迟到孩子。于是，我没有看见你干净的脸。

天不着人意，天天带着雨伞，阳光灿烂，今天忘了伞，却烟雨连绵，阳春三月的第一场雨。

我扔掉了所有的作业，在人流散去后开始步入雨中，去看看被第一场雨滋润的木棉。

那时木棉花开，天空终于为我掉了眼泪。

“给。”一只手，一把蓝色的天堂小伞。

“谢谢。”我很惊奇，接过伞，终于看见可你的脸，比我高个头的你，是多么的干净，阳光灿烂的笑容，白白的牙齿。

“你真幸福，有人愿为你撑伞。”浅浅的笑意里有点浅浅的自恋。

“你真幸福，可以为某人撑伞。”轻轻的言语里带点轻轻的不以为然。

“很好，不愧是写字出身的。我是审稿部部长，我看过你的文章。为了弥补你上次撞倒我时的莽撞，所以请允许我，请你吃饭。”依然一脸灿烂。

“对不起。”深深的歉意。

一切盲从从怡心的那顿饭兴起。我开始为我懵懂的青春创造微微的波澜，开始注意报纸上你优美的文字；开始注意运动场上你跳跃的身影；开始喜欢看年级标兵栏中你显眼的头像；开始在你满头大汗的时候递心相印，开始……

那时木棉花开，天空不用为我掉眼泪。

我依旧按时上学，依旧勤奋，却不再写乱七八糟的东西，一是为了做妈妈眼中的好孩子，二是为了不想与你的文字拉开太大的距离，因为我很自卑。

我们都保留着彼此应有的距离，我们彼此都不会轻易地说出隐藏在心底的东西，我们都很珍惜一起谈古论今的日子。

可是，时间与空间永远都是最远的距离，让我觉得有些东西总是那么遥不可及。

那时木棉花开，天空开始天天为我掉眼泪。

随着你的悄然离去，不带任何痕迹地在这个季节里销声匿迹。因为你的不告别，让我不知道在脸上划过的是雨还是泪?

你留下的文章上说希望我们是兄妹。你说你不值得我掉眼泪，值得我掉眼泪的人是不会让我哭的。于是，我就真的不再掉眼泪了。

那时木棉花开，我不要天空为我掉眼泪。

一切都会过去，今天也会成为明天的历史，有些东西注定要成为回忆。

我开始更加努力地学习，我想忘记某些记忆，包括那段还没有开始就已经结束的故事。

今时又见木棉花开，我撑着蓝色的小伞，站在街边的某个角落，希望陌生的背影后会是一张熟悉的脸。我只想告诉你，我也希望我们是兄妹，亲生的兄妹。

我开始一条街一条街地往前走，希望你就站在下一个街口……

一枚特别的书签

韩　欣

不知什么时候起我爱上了用5分硬币作书签，也许我爱上用五分硬币作书签是因为她。她是我认识的一个很安静的女孩，她安静得除了翻书声，其他的声音几乎是听不到的。而这个安静的女孩却有一个很特殊的爱好，她爱看书这没什么特殊，而她看书用的书签却是一枚五分硬币。

她作为插班生转到我们班，当她走进教室时，我们班的男生都眼前一亮。她做自我介绍时显得那么腼腆，不，好像不是腼腆而是安静。也许是上天注定，老师将她安排在我的旁边，这使我心里万分高兴，从此她便成了我的新同桌。

她坐下成为我同桌的那一刻，不知为什么我的心率便加快了不少。我用眼睛偷偷地扫了她一眼，看起来给我一种与众不同的感觉。这时平日里一些经常在一起的冤家们给我传来了一张纸条，我心想一定没什么好事，打开一看果不其然："兄弟你可真走运，刚来一大美女居然和你成了同桌，帮兄弟一把问问她来头。"要是往日看到这种纸条早和他们开起了玩笑，可是今天突然感觉他们太无聊了，于是也没搭理他们。

随着上课铃响起，原本有些嘈杂的教室也安静了下来。这节是语文课，按照语文老师的计划这节课是作文课，老师对上次作文讲评完了以后让我们自己看些文章，下节课，随堂测验一篇作文。接下来的一节课我几乎在天上飞，脑子里一片空白什么也想不出来，对于老师给的作文题目我是一点也找不到思路，脑子里一片空白，直到下课只写出了不成文的二三百字。收作文的语文课代表看了一眼说："你一节课干什么了？想什么呢你？就写这么点？你作文一向也不错啊！"被他这么一问我也哑口无言，只得找借口说身子不舒服。说实话我也不知为什么会这样，就感觉心里特别乱，总不觉得往她那看，她始终都那么安静，从坐下没说一句话。

最后一节自习课，大家都在安静地学习，我感觉心里很乱便趴在桌子上无所事事，偷偷看她一眼她正在那安静地看书。正在我有些迷迷糊糊快要入睡的时候，突然听到一个十分清脆的声音，但是声音不大，好像什么东西掉地上了。我顺着声音看时，只见她低着头正在找什么，一向很安静的她这会干吗呢？怀着好奇心问她："你干吗？找什么呢？"她抬头看了看我小声说："我的书签掉地上了，这会找不着了。"这是她坐在我旁边这么长时间以来第一次张嘴说话，感觉很温和，又很安静。我心想作为同桌理所应当相互帮助，更何况人家刚来更应该帮助她。于是便帮她找了起来，可是找了半天也没找到有什么书签，不过见到了一枚五分的硬币，我有些耐不住了便问她："你的书签长什么样啊？"这次她没有抬头，边找边说："是一个五分的硬币，不知掉哪去了！"话语中有些着急，但是给人的感觉还是很安静。听完后心中暗喜，于是便说："是不是这个？""是，就是它，谢谢！"从她的说话声中能听出她的兴奋。与此同时心中也充满了疑问，为什么她要用五分硬币作书签呢？心中充满了好奇，她给人的感觉有些与众不同，她为什么总是这么安静？带着这些疑问特别想尽快了解她，特别想了解这个安静的女孩。

从这件事以后，我们便有了一些接触，慢慢地我们便成了朋友，这也使我想进一步了解她提供了好的机会。

真不知是天意，还是我们真的有缘。今年的初夏雨水特别的多，自从她来了之后，天一直在下雨，连绵的细雨持续了好长时间。上完晚自习，外面的雨已经下得很大了，放学之后大家纷纷冲出教室，由于我带着班里的钥匙锁，所以每天都要最后一个走。大家差不多都走光了，而她还在那埋头看书，看到她看得这么认真我也不忍心打扰，于是也拿起一本书看了起来。正看得入神的时候她突然问我："你怎么还不回去？"被她这么一问我便觉得好笑起来，便风趣地说："我是咱们班的门神，负责开门锁门，人没走完呢，我怎么能走！""我刚才看到外面下着雨，我又没带伞，所以想先在班里看会书再走，等会雨应该会小点，没想到你在这里还等着锁门，真是不好意思！"她不好意思地说。看目前的情况，我真恨自己，恨自己当时说话时的鲁莽，为什么没编个理由呢，害得人家有些不好意思。"其实也没什么，正好我也有一道题不会顺便再研究研究。"我尽量弥补刚才说话的鲁莽。"你不是没带伞吗？我带了，咱们一块回宿舍吧！""嗯！"她点头答应了。在和她交谈的话语中总能感觉到她的与众不同，总感觉那么的安静，那么的舒服。在一起回宿舍的途中我们聊了很多，这使我对她有了进一步的了解。回到宿舍，那些冤家们起哄说："和美女在一块的感觉不错啊，怪不得哥几个让你帮忙你不帮，原来想留给自己。"他们说时有些得意。要是往日，我早和他们闹成了一片，可是不知怎么的他们一开她的玩笑我就感觉有些不舒服，也不愿理他们。对于他们的这些玩笑话我也没理会。

接下来的几天是连续的阴雨天，我和她也有了更多在一起的机会，对她有了更深一步的了解，同时也有了更多的时间去享受那种安静的感觉。转眼间礼拜天到了，同学们大部分都回家了，我上个礼拜刚回家，所以这礼拜不打算回家了。在宿舍一个人待着也挺无聊的，想出去转转，没想到刚出宿舍就碰到了她。心中有些惊喜也有些惊讶，惊喜的是没想到能碰上她，惊讶的是她刚来的第一个礼拜居然没回家，怎么着也得回家看看爸妈，向爸妈唠叨唠叨在学校的生活。和她打了个招呼大家就各自去干各自的事去了，虽然心里有些疑问但是也没有去问。

一个人在操场上溜达了一会儿，感觉还是很无聊，于是决定回教室看会书，也许这样会减轻一些无聊。我在教室学了没多长时间，她就推门进来了，抬头看了看她脸上好像有泪痕。看到她这种情形心里挺难受的，但是又感觉有些束手无策，不知道该说些什么，不过也不能不予理睬。“你怎么了？看上去好像哭过。”我心情复杂地问道。“没什么，只是一点小事。”她敷衍地说。“有什么事不妨说说吧，说出来会好受些，你不是说我是你在这里的第一个好朋友吗？有什么事不能和好朋友说呢？说出来有什么事也许我能帮你！”我真诚地说。也许是我的真诚打动了她，或许是她真的需要一个人倾诉，她和我说了很多也谈了很多。从和她的交谈中我得知她刚才哭是因为：她去她原来的学校要回自己的档案，由于她学习好学校不愿让她转学，所以老师不愿让她走，档案自然没要回来，而这边，学校还等着要她的档案，再加上刚来到新学校对环境还不太了解，也没个朋友可帮她，家长也不在身边，情急之下就急哭了。和她聊了很久很久，不知不觉中天已经暗下来了。“心情好多了吧？饿不饿，我请你吃饭？”看她轻松之后我说。“嗯，谢谢你和我说了这么多！”她心情轻松地说。和她聊了这么久，给我的感觉只有安静，即使她心情不好的时候。然后我们一起吃了晚饭，吃完饭我和她在校园外面漫无目的地走着，这时我突然想起那个书签，由于对她一直存在很多疑问，所以书签的事我一直记着。“我一直都有一个问题想问你，你为什么用五分的硬币作书签啊？市场上这么多好看的书签。”“其实，我也不知道为什么！就是感觉喜欢，特别是它掉在地上的那种清脆的响声，还有接下来找它的过程，它好像和我捉迷藏似的，而我找到它心中便会油然产生一种喜悦，这也许是个可以说过去的原因吧！其实只要喜欢就不需要原因！”对啊，只要喜欢为什么还需要原因呢，就像和她在一起时总是感觉很开心，心里很舒服，这需要什么原因呢？只要自己心中喜欢就行，我心中这样想。她说话时还是让我感觉很安静。心中对她又有了一种喜欢。

时间就这样一天天地过去，我和她的关系也越来越好，大家彼此之间也都不断相互了解，彼此之间相互学习，我们都感觉彼此之间在一起是一种快乐。自从她的到来我改变了很多，生活中也多了很多的乐趣，感觉生活无限的美好。我们在一起谈论各自的理想，规划各自美好未来，和她在一起我感觉我每天过得都很充实。

快乐的日子总是过得很快，转眼间期末考试马上就要来了，我的心情很复杂。由于我父母都在外地工作，为了我将来有更好的发展他们决定把我带到他们身边去上学，也为我提供了更好的学习环境。可是这件事我一直没敢告诉她，怕她伤心，而时间一天天地过去，和她相处的时间越来越少，所以我更加珍惜和她在一起的时光。然而，最终我是要走的，为了不打扰她的期末复习我还是坚持期末考试完之后再告诉她。

终于考完了，我们都松了一口气，这下可以放松一下了，我也该走了。晚自习之后，我把她叫了出来，说要和她出去走走，起初她还挺高兴，毕竟刚期末考试完。我们边走边聊着其他的事情，我心里很复杂不知道该怎么开口和她说这件事。不知不觉中我们已经走了很远，也有些累了。最后我们走到了一片空旷而安静的地方我将事情告诉了她，起初她没太大的反应，只是说，这很好，将来可以有好的发展。可是，最后她还是哭了，哭得很伤心。我只是默默地看着她哭。她哭了，哭的时候还是很安静！周围也很安静没有谁来打扰我们！哭累了，我告诉她说：“我不希望你哭，我希望你快乐！这个世界上没有人值得你流泪，真正值得你流泪的，一定不希望看到你流泪！我要看你笑着送我走。”她擦干了泪，点了点头。我们彼此之间有了一个约定，也有了同一个梦想。我们发誓要实现这个约定，要为这个梦想而努力。回到宿舍，宿舍的灯已经熄了。第二天她宿舍的人告诉我，她一夜未眠，听了之后我很心疼。

我临走的头一天，和她度过了最美好的一天，那一天我们很开心，也很充实。分别的时候，她送了我一枚五分硬币，她说：“希望你也喜欢用五分硬币作书签！无论走到哪里，别忘了还有一个爱用五分硬币作书签的女孩。”

存在生命中的雪

盖玉璇

2009年这说话间就过去了，却还不见下雪。我盼望呢，我急切地盼望着。

我是爱雪的，从小便爱，从心里爱。没有原因。

我最初的对雪的记忆，是在幼儿园里。下了场大雪，天真的我们像捡了宝一样兴奋地跑出去玩儿。那里的雪还是黏黏的，用不大的双手费力地捏着一把雪，然后很庄重地按在一堆成了形儿的雪上。一班四五十个孩子和几个老师一起做了一个又一个不完美但真的很漂亮的雪人，笑眯眯地站在操场的各个地方。

那时，我知道，下雪了，雪人就会来陪我们笑闹了。

有时，对雪的思念也是很“痛苦”又“难熬”的。一年级的一个上午，在上数学课，突然靠窗的同学兴奋起来，窃窃地传递着“看看看，下雪啦”，全班都知道了，一起带着一脸的惊喜伸长了脖子向外看。唉，老师难道听不到么。还清晰地记得，数学老师——那个严肃的中年妇女，面无表情地走到窗前拉严窗帘，面无表情地听着我们发出带着哭腔的长长的“啊”，面无表情地朝我们冷冷地说，上课呢，不许看。

天知道我们多想早一点见到它们啊！我们几乎是双手合十地边祈祷快上课，一边又用哀怨的目光盯着数学老师去听完那堂课的。下了课一班人都飞奔到楼下，看到了外面白成一片，张开嘴发出“哇”声轻轻惊叹。那场雪，格外美。

5年级是爱雪爱得最直接的一年，全身地投入到自然中去。在学校里，自然是没什么严格意义上的大自然，可操场上的那一块草坪，却是我们的乐土。上着课下雪了，老师童心大发带我们下楼去。嗯，我们还从没那么爱过那老师呢！然后，操场上尽是我们的嬉笑尖叫声。我们看人多，于是打雪仗。本来，这种游戏便是人多了才好玩，那年，我们玩得很尽兴。

在玩了好久之后，地上的雪却没有我们想象的那般凌乱、肮脏。我想，大概是它也听到了我们幸福的笑声了，于是从心里更加澄澈了吧。

初一的圣诞节，下雪了，多么浪漫。同学们拿着彩喷互相喷洒，校园里大街上笑成一片。放学后我会在小鱼的自行车后座上，两条腿晃啊晃地看车轮压进路上的雪后留下的痕迹，伸手把衣领上的雪抚下来塞到小鱼的帽子里。一路上我们笑我们喊，我在车的后座上唱歌，流行的，怀旧的。忽然就想起了电影里的情节，张曼玉唱着《甜蜜蜜》。只是，落在我身上的，是雪花呢。

呵，比阳光还要浪漫美丽。

初二的那场雪，我想我这辈子都不会忘记。下午放学，其实只有六点钟左右，天却黑得像午夜。我站在街角等待绿灯，随意地向上抬头却发现我正站在转角发着橙色灯光的路灯下，比鹅毛还要大的雪纷纷地落下。除了我头顶的灯光，世界全部漆黑一片。只有在那放射出温暖的昏黄的灯光之下，我才看到，大雪，奋不顾身地向下跳。

真的是奋不顾身。跳向水洼里消失不见，跳向积雪里融入其中。刚刚落下的那片，瞬间就没人看得见了，可大家都仰望过它的存在。至少我仰望了。

第二天早上出门，才真正体会到什么叫作“万物消失了声音”，世界纯净地存在。我想可以这么说：雪可以是纯洁的，亦是孤寂的。带着冷冰的触感，从高空独自降落下来。落入水洼中融化了，可是，却为后来的雪花做了铺路石。它们一个接一个，用自身的温度去改变去凝结万物，终于它们放弃自己的生命，筑成了雪景美丽的。它们奋不顾身去奔下，比飞蛾扑火更壮观，用包容吸收了所有的戾气、喧嚣与尘埃，用自己的晶莹折射给这世界双倍的明亮。最后，化作一汪春水，带着吸收的所有不美好，以及太阳带给它们的温暖静静地流淌蒸发。它们不在意是否被人们铭记，只是默默地做自己。于是，人们把它们铭记了。它们心地纯洁，包容沉默，富有大无畏的牺牲精神。

我想，雪的如此性格会不会就是我一直爱它的原因呢。虽然我开始时并未深刻地体会了解。可我知道，我爱过它，爱着它，未来也会一直爱它。

存在我生命中的雪，一直存在。

十七岁，依旧未成年

许紫琨

1

零星的清晨有些刺骨的凉寒。校园很静，像富士山上的白雪，隐约之中散发着淡淡忧郁的蓝。

白色的灯照亮了空荡荡的教室，林夕独自坐在里面，把身体蜷作一团，不停地搓着手，希望以此能驱走那些该死的寒冷！

时间在冰冷与寂寞中无声地滑过。此时是以往下早自习后吃饭的时间。教室里已经陆陆续续来了一些学生。

“切，你傻啊！不知道今天不上早自习吗？还起那么早！”和她在一个寝室的李娜啃着面包悠闲地踱进教室。

林夕没有回答，仍旧低头看书，做题。

“哼！装什么装，死了才好呢！”

潮湿的天空中似乎镶嵌着蒙蒙的灰色，像不小心打翻在一张A4白纸上的浅灰色涂料瓶，然后与空气分子反应，生成一种让人迷惘的东西。林夕走出教室，一团团犹如精灵般的热气从她红润的嘴边冒出，上升，然后同薄薄的雾儿会合、融为一体，最后在太阳升起后消失在寒冷的冬日里。她眼前一棵树上的叶子已寥寥无几，寒风一吹，一片叶子乘着风儿的翅膀打着卷儿飘了下来，落在湿湿的泥土上。做一片叶子也不错，林夕想着，和风儿一起飘荡，有风儿的陪伴叶儿也不会感到寂寞了。

“看，那不是林夕吗？听说她有病呢！”

“哦，我也听说了。”

马路对面是一个施工工地，从那里传来刺耳的撞击铁器的声音，让人感到撕心地痛。教室里的人渐渐多了起里，整个校园又恢复了以往的喧闹。也许这应该是它的本来面目，校园是一个充满活力与欢乐的地方，是不应该有那些污恶的东西的，林夕想着，然后又摇了摇头，感觉自己真是一个天真的小女孩。

“喂！”

她转过身，“啪”一声，顿时脸上感到如针一般的刺痛。李娜瞪着恶狠狠的眼睛。

“你最好离他远点！”说完便转身离开了。

“聂荣！”林夕喊住了将要离开教室的聂荣，“你为什么要食言？”悲伤写在了林夕的脸上。

“我……我没有告诉李娜你和张宏磊一起吃饭的事啊！”

2

“一辆，两辆……”林夕站在二楼的走廊上数着马路上的汽车。这所学校建在郊区，所以一般只有冗长笨重的大货车从这儿经过，不时发出几声低鸣，当她数到28辆的时候，从学校广播站里传来8下的钟声，8点了，她想着，然后看到16路公交车带着城市里的花香停在了学校门口，一个帅气的男孩从车内下来，然后男孩一手拿着课本，一手插在衣兜里，缓慢地走来。

左转，心中默念48步，就会看到那个男孩的教室。此时他已经坐在了位子上，手中拿着林夕写的小说，默默地读着。柔柔的晨光透过未拉窗帘的窗户斜射在他的脸上，一丝淡淡的暖，映出他淡淡的优雅与成熟。

林夕把脑袋侧开60度，看到了站在后门的李娜。

走廊旁，那颗低矮的树儿上面的叶子在刚才已经完全飘落了下来，覆盖住了心中的痛。

整个下午，李娜的位子都是空着的。林夕不知道李娜去了哪里，实际她并不关心李娜的去向，而是担心张宏磊，因为他也不在学校。左传，心中默念48步，眼前少了那个熟悉的身影。

下午放学后，林夕收起课本后就急匆匆地跑向校食堂。

“喂，慢点儿！”

“喂，找死啊！”

她看到昨天他们在一起吃饭时用过的桌子空空的，没有他的影子，只留下一串串回忆在那儿徘徊。空气中弥漫着菜的饭香，而此时却让她感到反胃。

“阿夕！”

她转过身，在来来往往的学生中，一个男孩穿着咖啡色外套和深蓝色的牛仔裤站在第二张餐桌旁，他的头发自然下垂，这是最近在男生中流行的“林海儿”。消瘦的脸上露出了他的憔悴。

林夕忽然觉得一丝痛掠过心头。

“林晓宁，你这个王八蛋，我恨你！”

3

冬日的夜里街上没有几个人，昏黄的路灯被寒冷包围着，使那仅有的一点亮光变得更加缥缈。冰冷的空气中到处漂浮着寂寞的味道。路旁的许多商铺已经关门打烊，商铺两旁的梧桐树也早已变得光秃秃的，看上去像长着许多肢节的怪物，让人生畏。她和他穿过一条街，左转，有一个小亭子，上面粉刷的红漆有的地方已经脱落，露出一块块的白色。走在亭子旁铺满鹅卵石的小道上，一个个米黄色的路灯在两个人沉闷的脚步声中慢慢向后移动着，两个影子在不断地缩短，拉长，缩短……

“忆·古”咖啡厅坐落在CC路的尽头。枣红色的墙体中镶嵌着长短不一、凹凸不平的圆木，不断变幻的彩色灯照亮了门前各式各样的木雕。走进去，那种古色古味的设计让深居繁华都市的人们感受到了人生的另一番情趣！

从咖啡厅内的黑色音箱里飘出一个男人深情的歌声。

“阿夕，对不起！”

“你觉得说这句话有用吗？”

“我知道没有用，但是现在我能做的也只有这些……”

林晓宁望着她，然后把头很不自然地侧到了一边，目光落在了旁边的窗户上，上面有一个影子，头发长长的，那就是他曾经喜欢的女孩，美丽，天真，善良。

“其实我来是为了告诉你……我要走了……去美国……”

咖啡厅内悲伤的歌声代替了两个人的沉默。

4

天亮了，外面依然飘着冰冷的东西；同学们依然喜欢在起床前听几首或喜或悲的歌；宿管科的阿姨依然喜欢到每个寝室里视察一边；只是在这个城市里又少了一个熟悉的人！

林夕无精打采地坐在教室里，随手翻着课本，不晓得自己将要翻到何处，一张张密密的黑色字体在眼前一晃而过。眼睛有些酸楚，抬起头，望向远方，想摆脱藏在黑暗里的困倦。窗外微微泛起了亮光，紫色的天空中闪烁着几颗星星。班主任绕过窗台，推门，进来，让将要消失的读书声又一次达到了最高点。疲惫的上操铃声似乎从遥远的国度传进来，缥缈的声音不足以让所有的同学都能感觉到它的瞬间存在！懒散地下楼，然后在教学楼前面的空地上集合。围着操场跑四圈，这让很多同学都感到体力不支。最后所有学生一字排开站在操场上。从破旧的喇叭里传出诸如“某班某同学违纪”等声音。

“喂，你昨天下午做什么去了？”在回教室的路上林夕追上张宏磊问。

“昨天下午？哦，昨天下午没有正课，所以就请假出去喽！”

“和李娜一起吗？”

“恩！给！”他从衣兜里掏出一个包装很精致的红色盒子递给林夕。

“生日快乐！”

“啊？哦！谢谢！”接过了礼物。“我写了一首诗歌，下课帮忙看一下！”

“好啊！对了，昨天晚上你去‘忆·古’咖啡厅了吗？”

“没……没有啊！”

“哦，那可能是我看错了吧！”脸上露出很不舒服的笑。

5

午饭后，校广播站播放了几篇稿件，其中有一首诗：

雪 花

一片一片飘在这个易碎的季节
点缀着梦幻似的天空
最后
融化在粉红色的记忆里
那仅有的一点希望
安慰着我们的哭泣
就这样
就这样凝望着她的身影
聆听
美丽的雪花谣
带着Vae独特的嗓音
飘荡在校园里

雪花
一片一片落在这个受伤的城市
点缀着关于她的美丽
最后
融化在记忆的粉红色里
在擦身而过的瞬间
映出她甜美的微笑
凝望
就这样一直凝望
聆听
久远的雪花谣
带着古朴的思念
绽放在这个伤感的季节

林夕走过广播站，从虚掩着的门缝里看见张宏磊和李娜整理着稿件。

“林夕，你写的诗歌不错哦！所以我把它投到广播站了，也没来得及和你说一声，你不会生气吧？”下午第一节课下课后，张宏磊在走廊对林夕说。

“恩，不会的，呵呵！”

“我发现你的文章都很有沧桑感呦！”

“是吗？”

仿佛花季的雨滴已经冲走了自己的青春，像一个沧桑的老人。上课铃声在林夕奇怪的思绪中响起。

这是一节数学课。

“林夕，你回答下一道题！”极其严厉的声音从讲台上传来。

她颤颤巍巍地站起来，脸红红的，低着头不说话。

十二月份的阳光像一个调皮的孩子，躺在我们的怀里，时而欢笑，时而哭泣……

6

冬日里，天永远黑得那么早。林夕站在办公室里，楼顶上发着白光的几盏大灯照亮了整个操场，一大会前操场上还是很喧闹的，而此刻却静得出奇，只能听到窗外寒风“呼呼”吹过的声音。

“你要认识到这件事的严重性！”班主任扶了扶架在鼻子上的眼镜说。

“对不起，老师，我哪儿错了？”林夕很疑惑地问。

“最近在课堂上你的注意力总是不集中！是不是因为……”

然后班主任把一张照片重重地摔在了桌子上，白色的灯光照在上面，反射出一道刺眼的光，刺痛了她的心。

照片上是男孩和女孩牵着手在校园散步的场面，女孩则是林夕。

她忽然感到眼前一阵模糊，好大一会才慢慢回过神来。

“你知道你这种行为在学校有多大影响吗？”

“我……我……”

显然班主任对她很失望，也讲了很多道理。

“好了，你先回去吧，过几天让你妈妈来一趟！”

“我……我没有妈妈！”

林夕低着头打开办公室的门，走了出去，就在这一瞬间她看到一个人影趴在对面的栏杆上，办公室明亮的灯光通过她打开的门照亮了他的面孔。

“张宏磊，你怎么还没上晚自修啊？”

空旷的操场上两个人影在慢慢移动着。

美丽而凄凉的月光洒的他们的身上，抬头，月，圆圆的，林夕似乎看到了传说中的那个美貌绝伦的嫦娥抱着可爱的玉兔在翩翩起舞，悲怆的舞姿让人有种想掉眼泪的冲动。低下头却看到一个傻傻的影子、一个傻傻的自己。

“高二（3）班同学林夕，于12月8日与外校男生不文明交往，影响极怀，经校领导研究决定，记大过一次……”第二天下午学校下达了上面的通知。

“看，那不是三班的林夕吗？”

“是啊，没想到她那么不自重！”

寝室右侧是学校的操场，两个破旧的篮球架立在那儿叹息着他们的年华；还有几个用石头砌成的乒乓球台，下课后总会有一些同学跑过来挥动着手中的球拍，一招一示都展现出他们的某种成熟。往东是一个椭圆形的跑道。跑道内长满了枯草，还有一个踢足球用的架子，因长期搁置不用而变的锈记斑斑。林夕心情不好的时候喜欢独自坐在这儿，向草儿诉说心事。然后在没有人的时候，把头低在胸前偷偷地哭泣。有人说眼泪可以感动万物生灵，但是林夕的眼泪感动不了任何人，甚至那些草儿也不为她所动，依然死气沉沉地趴在湿湿的泥土上。

“怎么一个人坐在这儿？不冷吗？”

温柔的声音从后面传来。她转身，抬头，张宏磊两手插在衣兜里。他看着她，她的头发，长长的、湿湿的。这让他想起了第一次见到林夕的时候，湿湿的长发散发着淡淡的清香。而此时张宏磊已经闻不到那早已熟知的清香，只有一种苦涩的味道充斥在周围，像人的眼泪。

“喂！你的鼻子怎么流血了？”

“可……可能是上火了吧！”她掏出卫生纸随便擦了擦，“我想……我想……退学！”

冰冷的空气中飘来寂寞的叹息，随即淹没在灰色的夜幕里，只为大地带来一丝的无奈！操场上的路灯照亮了眼前的世界，同白天一样，只不过模糊了一些，孤寂了一些。

“什么？退学？……为什么？”一张不解的脸使原本显的成熟的他忽然变得有些幼稚。

“你认为我还能继续待在这吗？听他们的辱骂？看他们的眼色？这个学校没有人会相信我！”

“不，有，我，我相信！”

黄色的灯光柔柔的照在地上，形成一股股光晕。一丝温温的暖在空气中蔓延。

也许是突然站起来的缘故，林夕感到眼前一阵眩晕，然后慢慢变暗……

7

这几天李娜的信多了起来，都是来自同一个地方——市第二中学。

林晓宁在没去美国之前也是在这所学校学习的。

这个周末学校放假，大家都商讨着怎么度过这个难得的一天。

“喂，李娜，我们要去K歌，你要不要去？”

“不好意思！”

“那要不要和我一起去看电影，《XXXX》第二部，很好看的！”

“Sorry！”摇了摇头，“我明天想去医院看看林夕。”

“喂，李娜，外面有一个男孩找你，他说他是市第二中学的！”

……

8

林夕平躺在病床上，一股股透明的液体像淘气的孩子似的钻进她瘦小的体内，然后全身一阵冰冷。阳光透过玻璃斜射到她床边打着点滴的瓶子上继而又反射到她的脸上，林夕微微睁开疲惫的眼睛，刺眼的反光像箭一般射进她的瞳孔，她下意识地捂住了眼睛，然后让坐在一旁的张宏磊拉上了窗帘。在深色窗帘的遮挡下，病房内暗了许多。

林夕望着镜子中的自己，美丽的长发已不知去向。眼中充满了忧伤，然后扫视了一下病房，死一般的静散布在每一个角落。还是十天前的那个老样子：白色的墙壁、几张空病床、一扇落满灰尘的窗户还有一个锈记斑斑整日滴着水的水龙头。林夕把目光收了回来，看到了点滴瓶内还剩一半的液体，瓶子稍微晃了一下，里面泛起了小小的波纹，随即一圈圈地向瓶心集中。然后把脑袋侧开40度，目光落在了正对自己微笑的小男孩身上，遮住眉毛的头发下面是一张瘦黄的脸。

一滴，一滴……点滴瓶里的液体在她飘飞的思绪中慢慢地下降，下降，消失，最后在她的体内又一次汇合。

“姐姐，你好像很忧伤啊，医生说这样的情绪不利于恢复！”

飘着的思绪被小男孩可爱的声音拉了回来，强露出了笑容说：

“没有啊……”

然后转过了头，看着坐在一旁的张宏磊。

“哥……”这个充满亲情的字从她的嘴唇边发出来，很亲切。

“孤儿院院长告诉我在我5岁的时候，有人收养了哥哥……而且还对我说哥哥的右胳臂上有一块黑色的记！”

张宏磊紧绷的脸上露出了一丝微笑，像春日的阳光。伸出了右胳膊，一快黑斑暴露在空气中。

“你知道那个周末的下午我去什么地方了吗？”

“雨欣孤儿院？”

“对！从那儿我知道了你就是我的妹妹，亲妹妹……”

9

“5号病房家属，你出来一下！”一个戴着眼镜，穿白大褂的医生，喊向张宏磊。

张宏磊，起身，走了出去。

“结果出来了，很抱歉！虽然你们两个是亲兄妹，但是血型还是不相配！”

他们仅有的希望被他的一句话打碎了。

“医生，还有没有别的办法？”

“白医生，一个年轻的男孩说他也是O型的血，愿意为205病房5号床捐献造血干细胞！”护士急匆匆地跑过来说。

几天后，市电视台报道了一则感人的新闻：市第二中学高二年级一位年仅17岁的男生为一患白血病的女孩捐献造血干细胞并自愿承担了女孩的一大部分医药费。

10

“林晓宁去美国了，昨天下午走的！”张宏磊为林夕剥着香蕉说，“其实他早就应该走了，是因为你，他才留了下来！”

林夕把头转了过来。

“还记得那张照片吗？是李娜的恶作剧，电脑合成的！林晓宁知道后就决定用同样的方法让她得到惩罚，所以前几天他去找李娜了……当得知你住院的消息后她很内疚，就向学校说明了情况，还主动学校给她处分……”

林夕认真地听着，两行泪流了下来。

“不说这些了。哦，对了，妹妹，你那篇小说修改的怎么样了？”

“快改好了，我想把他们的年龄都改成十七岁，依旧未成年！”

“好啊，在小说中保留住我们青春的纯美！”

……

第二部分

生活一直很幸福

我回头，天使远去，但我的手里多了一把蒲公英伞，白茸茸的，轻轻一吹飞起了更多的小伞。我想，也许那些小伞还会飘回来的，在一个温暖的午后飘回我的思绪，或在一个安静的夜晚飘回我的梦中，就像现在一样……

——张文音《蒲公英花絮在飞舞》

我的外公外婆

张牧笛

外公外婆的一生，像大多数人一样，平凡、琐碎、忙碌、知足，平静地面对现实，接受现实，将苦事当成乐事，将漏声听似琴声。顺境中不忘乎所以，逆境中也不悲天悯人，生活单纯如一幅黑白相片。我从未听他们相互说一个“爱”字，或表达彼此感受到的幸福的冲击。或许是爱得不够深吧，外公去世后的很长一段时间，我都这样认为。

我好奇地偷看过外婆的日记，却大失所望，泛黄的笔记本里只记着一些流水账似的文字。外婆嫁给外公，是新中国成立的那年。当时外公28岁，是一所大学的校长；外婆十八岁，是个小学老师。他们全部的家当——两只皮箱，一个书桌，一个书架，一张由两个单人床拼在一起的木板床。

据说外婆对外公的爱情起源于崇拜，我对此深信不疑。但这种崇拜带来的不是得到，而是付出，无论在精神上还是现实中。1957年，外公被打成右派，免职降薪，关了牛棚。1958年，外公得了很严重的肺病，在胸科医院做了大手术，摘除了一个肺和七根肋骨，邻居们都说，张先生这次怕是回不来了，但坚强的外公挺了过来。事隔多年之后，我的奶奶恰好是胸科医院的人事干部。外公才知道，当年给他主刀的两个医生，都早已过世了。我的外公却凭着一个肺，活到了81岁。这是后话了。

手术后外公一直在家养病，也因祸得福，脱离了各种运动的漩涡。国家的那场浩劫我其实是很难体会的，恐怕连妈妈也不能。我感触最深的只是，在精神饱受重创，身心屡遭摧残之后，我的外公外婆依然还能相信，相信世界，相信人，相信未来，我觉得这很不容易，太不容易了。

1970年，外公被发落到农村接受贫下中农的教育，那一年，妈妈3岁。外公下放的地方叫张窝公社，在天津西郊。后来，在我几岁的时候，外公外婆曾向我描述过那里的情景，但无论怎么努力，我年幼的想象都无法理解。因此，我的这篇文字，只是对他们零星记忆的一种模拟，并加以肤浅的美化，事实上，真相和本质，特别是真相和本质中的惊惧与忧伤，远非我的笔墨所能表达。

和当地的住户一样，外公外婆的日子过得简单朴素，自己烙麻将饼，炸甜咸两种口味的排叉，蒸玉米面窝头，熬高粱面的糊糊，往墙上贴煤饼，用风干了的土坯和茅草盖房子，养了一只黄色的小狗、几只好脾气的芦花鸡，种了一堆死不了花。外公的生活很有规律，每天上午在田里看庄稼，拿一根竹竿，戴一顶破旧的草帽，将裤脚挽到膝盖，收工时手里总是抓着一把荠荠菜。下午，在洒满阳光的小院，外公先打一套太极拳，然后，一边看《参考消息》，一边吟诵“老吾老以及人之老，幼吾幼以及人之幼……”。外公带着浓厚乡音的吟诵在我小的时候是听过的，《三字经》，《道德经》，唐诗宋词，甚至他在小学里学的某篇课文，他都充满了虔诚的热爱，咬文嚼字，摇头晃脑，怡然自得。而不谙世事的我，每次都笑他是孔夫子，是老学究，是古板迂腐的私塾先生。

我到现在都不愿意想象，一个早年人民大学经济系毕业的研究生，在人生最好的年华，骑着一辆加重的二八自行车，在广阔的农村，沿着公路到处去捡“金子”，再运到农业大队计算可怜的公分。这样的日子对外公来说不算什么，他说自己本来就是农村人。而在江南出生北京长大的外婆，却免不了要牢骚几句，但她每次激动起来的情绪，都很快被外公的平静牵引，渐渐超越了时间，逃离了生存，回归了蓝天，清风，闲云……仿佛在心灵的哪里，突然打开了一扇明亮的天窗。

我不知道那个年代，除了工作，开会，批评与自我批评，上纲上线，表白忠诚……他们还有多少时间留给自己用来思索幸福的定义。外公的乐观也好，外婆的抱怨也罢，日子总还是要一天天过下去的。岁月永远把你推向新的彼岸，不允许你停歇，哪怕只是抛锚片刻，都不可以。大概经历了那段岁月的人都有相似的故事，所有的苦和苦中的乐，都在瞬间来去，只留下一种深远的心境，让生命变得意义无穷，就像《菜根谭》中所言：乐外乐非真乐，苦中乐得来，才是心体之机。

妈妈是踩着田埂听着蛙鸣长大的，那用红色橡皮筋串起来的童年至今还在她的记忆中晃晃悠悠，越拉越长，越想越有味道。妈妈的成长从没脱离开外公的关怀，大到人生的方向，小到一条红领巾，一双白球鞋，事无巨细，都是外公一手包办。从这点上说，妈妈和外婆一样，在对我外公的情感中，除了爱，还有一种根深蒂固的依赖。

1979年的春节，外婆正带着妈妈在妈妈的外婆家过年，外公的一份电报不期而至，上面只有3个字：已平反。外婆哭了。只有她才能真正体会，这短短的3个字，凝聚着多少心酸，喜悦和不堪回首。

外公回到大学，官复原职，同时还被聘为古典文学的教授。这一年，外公已经58岁了。

外公外婆的慈爱在我这唯一的“隔代”身上达到了极致。对于我大大小小的要求，只要力所能及，他们向来不拒，根本不管是宠了还是惯了。

外公走的时候，我没有在他身边。他走得很突然，也很孤单。当我看到他时，他那么的安详平静，像睡着了一样。妈妈流着泪说：“爸爸，以后，你不用再受任何罪了。”我倔强地抿紧了嘴唇，没有哭。

我没有哭，却怪罪外婆也没有哭。在我的概念里，相濡以沫几十年的爱情，不应该是这样的。

外公火化的那天，外婆没有去。那天阳光亮得刺眼，我心中所有的哀伤都被穿透了。我终于，终于，泪流满面。我又想起外婆安然的神情。面对如此亲近的生命的逝去，她怎么可以无动于衷！这对外公，实在是不公平。这之后很长一段时间，我对外婆产生了一种抵触的情绪。

直到有一天，我看到这样一句话：“死亡并不意味着结束，我的灵魂永远与你同在。”我突然就被深深地打动了。也许有这样一种爱情我不懂。它存在时如泥土，朴实无华；逝去时如流水，悠然平静。与水相比，眼泪是太肤浅的悲伤。大爱无言，当一个人以爱的心情饱尝了爱的过程，便同样会以爱的心情目送爱的离去，让爱，用自身的美丽和从容，证明其纯洁的品质，保持其高贵的尊严。其实，快乐比痛苦更需要勇气。

我在一个黄昏拥抱了外婆。夕阳中，她的眼神满是落寞与哀伤。她有些惊奇地望着我，像是看到一朵蓦然开放的花。我泪如泉涌。

现在，我快14岁了。算起来外公离开我大概三年了吧。请原谅我在这里用了“大概”的字眼。外公走后，我心灵的时间仿佛就停止了。记忆对我来说，像是一个不断升高的塔，时光是细小的沙砾，悄无声息地，落在塔的顶端。每过一天，外公就离我又远了一些。

但这座坚实的塔始终支撑着我青春的力量。塔里封存着许许多多的沙砾，每一颗，都是一个难忘的故事。

想念外婆的味道

郭一鸣

外婆，世界上最让人心软的称呼。

凌晨12点，世界还不算寂静，偶或从窗外传来人们空虚的吆喝声，8人间的寝室里也不时地传出翻书的声音。此时，我不由自主地想起了我的外婆。

提到外婆，也许你想起了和外婆一起走在田埂上，你在前面欢跳，外婆在后面一边叫你小心，一边用镰刀割下埂边的草放进背篓里；也许你想起了和外婆一起逛街，你试穿喜欢的衣服，外婆像欣赏什么似的绽开了美丽的皱纹。那么我呢，我想起了什么？我想的是在一间漆黑的小屋里，有一张最原始的木床，床上的红色被子在黑暗中依稀可见，被子下面盖着的是我的外婆，她睁着眼睛，眼光像散开似的望着这间小屋——外婆已经瘫痪在床两年多了。

两年，对于我来说，是不知不觉的，可对外婆来说，也许就是两个世纪，但外婆不知道“世纪”，也许她会用下了几百次地，喂了几百次猪，劈了几百次柴来计算。这两年，和以前的20年一样，我都是暑假在外婆家呆三四天，寒假在外婆家呆五六天，那这22年来，我和外婆在一起的日子有多少？我不敢算，我怕算出来我会心痛得想哭。

外婆的家是很舒适的，灰白色的木材，青黑的瓦片，浅黄的泥地，最普通的农村老房子。外婆家的房子很大，每年过年，外婆的子女们，孙子外孙们都要回来过年，大房子能让每个人都住得舒舒服服的。外婆家的房前是一个大院子，这是一个漂亮的长方形，我们常常在院子里乘凉，看星星，冬天的夜晚，我们便在院子里放鞭炮，放礼花。院子前面还有让人更心仪的，那是一片菜园，和院子一样大小，菜园里种着各种蔬菜，像大白菜，卷心菜，豌豆尖，四季豆等等。院子和菜园之间被一道“自然的栅栏”隔开，也就是一排植物，这种植物我叫不出名称，它只有一米多高，夏天会发出嫩嫩的小叶子，非常茂盛，冬天虽然成了一排“赤身”枝条，但它们直直地向上冲着，干净利落。这道“自然的栅栏”保护着菜园。让你意想不到的是菜园的边缘上还栽着果树，最多的是梨树和柚子树，每逢暑假，我们都喜欢爬上树去摘梨，异常的快乐。

这些乘凉、看星星、放礼花、摘梨的活动，外婆是从来不参与的，但她在屋里能听见我们的笑声，她也会一边做事一边笑。我们乘凉时，她在屋里忙着煮猪食，我们摘梨时，她在屋里准备晚饭，菜香不时地飘到院子，飘到菜园，我们放礼花时，外婆在屋里忙着准备我们的夜宵。对，外婆的夜宵！外婆弄的夜宵是我最喜欢吃的甜米酒煮糍粑，有一种说不出的香味。在农村，米酒糍粑是很常见的。煮好后，外婆那干瘪的手便把米酒糍粑一碗一碗的分好，全家人，每人一碗。不仅小孩们喜欢吃，大人们也争相着吃，那一碗甜甜的汤啊！

只是，这两年，我们都没吃到外婆准备的食物了，真的想念那种味道，不是食物的味道，而是外婆的味道。这两年过年，我们照例在晚上煮米酒糍粑消夜，但不是外婆做，而是姨妈做。一样的材料，一样的锅、碗，却怎么也吃不出两年以前的感觉，而且每一次端着它，心里反而有一种隐隐地痛。我想全家人都有这样的感觉。多希望依然是瘦小的外婆在盛着碗递给我们，多么希望还是外婆在忙进忙出。但那也只能是希望。此时的外婆正在另一间屋子里躺着，她能听见我们的声音，我想外婆一定难受极了。也许，外婆此时真想为我们忙进忙出，可是……

据家人说，外婆瘫痪后，很多人她都不记得了，要么就是叫错名字。我寒假回去看她时，姨妈说："你去看看，不知道你外婆还认不认的你？"我有点害怕，但不知道是在怕什么。就这样慢慢地走进了外婆的小屋，屋里没开灯，刚到门口，我叫了一声："外婆。"我的声音像是哭出来的，而不是喊出来的。外婆睁开眼睛，很微弱的叫出了我的名字。外婆认得我，外婆记得我。我心里是酸楚是快乐……什么都有。

坐在外婆的床沿，说着现在我记不起的话，只知道当时我想起了一件奶奶曾说过的事，说我小的时候，外婆想抱我，我躲在奶奶怀里，偏不去外婆那，外婆哄着把我抱进她怀里后，我便大哭了起来，拼命地挣脱了外婆，还说："你不是我的奶奶，我不认识你，这才是我奶奶。"于是，我哭闹地回到奶奶的怀中。奶奶说当时外婆就哭了。我那亲爱的外婆、心软的外婆。坐在外婆的床沿上，我多想外婆能再次把我抱紧，我一定会乖乖的，一点不挣扎，可是外婆现在只能躺着，无法活动，颤抖的双手无法扶住任何东西。

现在已凌晨12点24分，外婆也许已经熟睡了，也许睡了两年觉得很厌烦，正在黑暗里睁着眼睛看着黑暗，说不定想起了我，说不定在流泪，颤抖的双手也许正掀开被子想擦去眼泪……

外婆，您是否被我这半夜的打扰而无法平静呢？夜已深了，我的思绪要离开了，院子、菜园、你们也安静地休息吧！

外婆，如果你被吵到而无法入眠，那是蟋蟀，不是我。

生活因拥有三“千万”而精彩

姜文雯

窗外飘着毛毛细雨，我又想起了远在他乡打工的爸爸。

因为家里生活条件不太好，爸爸几年前就出去打工了，他已经有两年没回家了，我十分挂念他。我现在有三“千万”送给我可亲可敬的爸爸。

千万小心

爸爸，您在外工作很辛苦，而且我常听别人说，在工地上干活是很危险的，您工作的时候眼睛可要放宽点，做事的时候可千万得提高警惕，您工作时一定得戴安全帽，要质量最好的，太危险的活咱说什么也不能干，甭管老板给咱多少钱。对了，您挣得血汗钱千万得放个安全的地方，最好您去办个卡，这样会更安全的，咱挣得钱可不容易呀！爸，一定要保管好血汗钱。

爸，您可记住了，无论做什么事要千万小心。

千万舒心

爸爸，我知道外面的日子最难过了，尤其是打工的日子，更难过。爸，您现在住的地方还好吗？是不是几十个人住在一起？天热了，您要记得常洗澡。爸，您要少抽些烟，您的肺一直都不是很好，看到别人抽烟的时候，跟他们说一声，千万别叫他们在宿舍里抽，这样会呛着您。爸，您的床要多铺些被褥，这样对您的腰有好处。爸，别舍不得花钱，到集市上去买些好吃的，补补身子吧。

爸，您可记住了，日子要过得千万舒心。

千万放心

爸爸，我和妈妈现在很好，您不要牵挂。您不知道吧，您在前几年买得那只母山羊现在有小羊羔了，八个呢，个个健壮活泼，等它们长大了，会有更多羊，我们家会成了养羊专业户，到时候，您就不必再打工挣钱了，您就和妈在家养羊，准能发大财。爸，我奶奶她身体也挺好的，每到周末，我都会到奶奶家去看望她，帮她做些家务活，家里您就放心吧。

爸，您不必挂牵，要千万放心。

窗外的雨还在下着，我的眼泪也随之落下。我向远方望去，雨儿呀，请你可怜我的一片孝心，把这三“千万”一定要带到我爸爸那里去呀！因为，生活因拥有三“千万”而精彩。

母爱的天空

唐　敏

记忆是岁月中最动人的歌曲，任由时间的流逝，它依旧那么自然，那么清晰，那么温暖，这动人的歌曲需要用心去倾听，用爱来收藏。

——题记

那一夜，烛泪剥落

那一夜，电闪雷鸣，风雨交加，父亲出门在外，家里除了母亲、幼小的弟弟和我便只剩下年迈的奶奶。酣睡中的我被肚子的一阵剧痛击醒，习惯性地喊："妈妈，我肚子好痛，呜……"母亲急忙翻身爬起床摸索着去按开关，"啪"的一声，屋子里依旧一片漆黑——停电了。持续的疼痛使我抽泣起来，疼痛中，我听见有东西碰倒的声音。母亲摸到了手电筒，马上，房间里便亮了起来。她一把抱起我去厕所，腹泻很厉害，我的抽泣变成了呜咽，母亲慌了，口里念叨着：“这可怎么办，怎么办才好呢？”母亲将弟弟送到奶奶房里，唤醒了二妈和高大的堂叔。堂叔背起脸色惨白的我，母亲撑了把大伞，二妈跟在后面便朝一里外的医生家走去。风，发出诡异的尖叫，雨滴，打湿母亲单薄的衣裳。泥泞的路上，大家深一脚浅一脚艰难地前行着，一里的路不知走了多长时间，好不容易才摸到了医生家门口，母亲连忙冲上前急切地拍着木门，那清脆的声音，在黑夜中显得是那样的焦急与无助。

医生利索地为我打好吊针，让我服药，可我每服必吐，母亲搂着我一次又一次跑进洗手间，不懂事的我只知道拼命地哭喊着肚子痛，终于，母亲的抽泣变成了哭泣，她的泪无可遏制地涌出，滴在地上，这是我第一次看到坚强的母亲哭了，烛泪悄无声息滑落，妈妈的泪，浸湿了她那早已湿透的衣裳，她是那样地惊慌与无助。我渐渐安静下来，身体的不适似乎有所缓和。那一夜，我们都未眠，那一夜，烛泪和母亲的泪交融了，那一夜，我体会到了母亲的痛和沉重的母爱。从那以后，我努力学会保护自己的身体，为了不再让母亲经受噩梦。

那一刻，血泪相融

明媚的阳光，柔柔地洒在宁静的村庄，鸡犬相闻，农人各自忙碌着，一切，是那样安谧和谐，然而，就在这一日……

与父亲一起出门做木工的堂叔脸色煞白地跑回家问母亲要钱，母亲问出了什么事，堂叔说机器出了点问题，需要修，可他的眼里却始终掩饰着什么。母亲看堂叔那样急，怕误了工，忙拿了钱给堂叔，她的眼里有无法掩饰的不安。直到第二天，父亲回来了，他看上去很憔悴，右手手掌缠着厚厚的纱布，纱布显然是刚换上的，浸满了血，更触目惊心的是：父亲的右手食指居然短了一节。母亲面对如此残酷的现实，几天来的担心化作辛酸的泪流了出，她说不出任何话，只是一个劲地抽泣。那，是爱的释放。年幼的我与弟弟也号啕大哭，八十岁的奶奶，也落泪了，那心酸的一幕，至今无从淡忘。尽管父亲笑着说："没什么，人不是好好的么？不就一节手指，没事儿！"堂叔这才告诉母亲真实的情况，前两天父亲不准让母亲知道此事，就是不希望她太担心。父亲那一截手指是医生用剪刀将仅连着的一点骨头硬生生剪去了，没打麻醉剂，其他的三个手指也伤地很重，血肉模糊，医生都冒了一身冷汗，但父亲未呻吟一声。

那一次，笑靥唯美

2001年，为了让我与弟弟接受好一点的教育，父母带着我们来到武阳，进了一家木工厂。迫于生计，母亲一个妇人，不得不开始做男人做的木工活，没多久，瘦小的她居然敢用电锯了。每当我看到那白森森的锯齿飞快地旋转，心便不寒而栗，曾经，父亲的右手手指便为它所伤。我惊异于母亲竟有如此大的勇气，她的吃苦耐劳让工友们佩服，她拖着那日渐消瘦的身躯操劳着，加班加点，忍受着漫天木灰的侵袭，为了儿女，她什么苦都愿意吃。

但老天并没有被这个几经磨难的女人感化，或许是她的坚强激怒了天帝，又一场灾难悄悄地向她袭来。一天，由于头天晚上加班到太晚，母亲很困，面对一堆堆木料，她硬撑着在电锯前工作着，可就那么一眨眼的走神，无情的锯齿狠狠地咬了一口她的手，顿时，鲜血直涌，母亲痛得愣住了，喊都没喊一声，一旁的父亲见状“啊”的一声跳起来关掉机器。母亲的食指被血裹着，鲜红的血一滴，一滴，无声地滴落，击打在我们的心上。面对伤痛，母亲却没为自己落一滴泪，依旧操持着琐碎的家务，只是不去工厂做重活。她的手指，时常因过于用力渗出殷红的鲜血，面对此景，她却笑着说：“没事儿，不痛了，好得差不多了。”现在想起，那是世界上最美的笑靥——一个极平凡的女人用无私的爱与坚强绽放了世界上最唯美的笑。

面对小孩和丈夫的不幸，她一次次伤心地哭泣、寝食难安，然而，当自己遭到同样甚至更大的不幸时，她却始终微笑着，这便是母亲，一个平凡的不能再平凡的母亲。哭与笑的融合，铸成一份不朽而坚强的爱。

好想对母亲说：“妈妈，我爱您！”是母亲的无私与爱为这个家撑起了一片祥和的天空；是母亲，让我学会了如何去爱；是母亲，让我体会到了人生中真正的幸福！

稻田里的守望者

司娟娟

父母都在城里工作，家里的田地一直由爷爷奶奶照管，好久没有回去了，怪想念爷爷奶奶的。然而，一想到他们，竟将他们跟老家的农田想在了一起。

我从小就是调皮鬼，爷爷奶奶怕将我一个人丢在家里，会闹腾出什么事儿来。于是，当他们去农田干活的时候，总将我带上。

插秧时节，别人都在田地里忙活。我呢，一小屁孩儿，也不会干啥，便在一旁淌水捉小青蛙玩。有时，实在无聊，便坐在小板凳上，托着小腮帮子看爷爷奶奶插秧。只见，爷爷奶奶从岸上将个塑料皮儿拖到稻田里，那些塑料皮儿比一般的塑料皮儿厚些，上面布满很多小洞洞。而那些洞的大小正好够塞上一棵小秧苗。我微眯着眼，又躺到田埂上，嘴里含根杂草，优哉游哉看着爷爷奶奶，看他们接下来做什么。只见爷爷从竹筐里抓出一把带着泥土的小秧苗，一根一根挑分明了，对准塑料小洞，瞄准好，眼中露出精光，似用力又似不用力地随手一甩。嘿，神了，就这么“嗖”一下，秧苗乖乖地进入洞里，随即在和煦的春风里摇晃着自己的小脑袋，可爱极了。随后，这棵小秧苗的兄弟姐妹们也陆续被抛进去，在塑料洞里安上家。

看着看着，我觉得爷爷的那双手似乎带上了神奇的魔力，一棵棵绿油油的小秧苗竟变成了听话的孩子，爷爷让它们去哪儿它们就去哪儿。我心里直痒痒，跳起来，走到爷爷眼前，嘟着嘴撒娇道：

“爷爷，好爷爷，太好玩了，我也要玩儿。给我，给我玩嘛！”

爷爷两眼一瞪，假怒道：

“胡闹，插秧也是随便玩儿的？”

然而，我的纠缠不休到底让爷爷软了心，他挫败地点点头，叹口气对我说：

“好好好，就一次，就一次啊。”

我高兴地在他脸上“吧嗞”一声亲了一口，便乐呵呵地向竹筐跑去。没奈何，我人小，抓不住一把，就抓了几根。先试试吧，我想。

旁边，爷爷拿出黄黑的烟斗，从口袋里掏出随身携带的烟叶，捻了一搓放到烟斗里，悠闲地抽了起来。我暗自得意，心想：等着看吧，我也很厉害。于是，我学着爷爷的样子，瞄准、发射、甩手，然而……呃，歪了！我有点沮丧，不过很快又振作起来。我甩甩头，对自己说，没关系，这才失败一次，没啥好难过的，咱再来一次！可是，这次更惨，可怜的小秧苗连个塑料皮儿都没碰着，便一跟头栽进水田里。我更加不服气了，想再扔。爷爷不知何时已从地上站了起来，他阻止了我，严肃地说：

“好了好了，不能再浪费了。要知道，每一棵小小的秧苗可能生出一大簇稻子来的呀，不能被你白白浪费掉。”

我无奈地放下手中的秧苗。没办法，谁让这稻田的守望者如此爱惜这些秧苗，搞得我再没了下手的机会？

依稀中，眼前又浮现出爷爷那张守望稻田的殷切脸庞，耳畔又响起爷爷看到稻子成熟后爽朗的笑声。是啊，那金黄的稻谷是爷爷全部的梦啊。好想回家看看那片黄澄澄的稻田，看看那个辛勤的稻田守望者。

那夜·那屋

李司楷

那年，我才10岁，稚气未脱，对世界充满好奇。在好奇心的驱使下，我只身进了网吧。那网吧在电影院旁边，是一间阴暗的屋子。昏黑的日光灯摇曳不定，风扇小转，不时传来阵阵刺鼻的汗臭。我一泡就是两个小时，然后结了账，信步离去。

薄雾笼罩着漫无边际的黑夜，一阵疾奔到了家，蹑手蹑脚打开门，发现周围一团黑。哈！妈没回来，我暗自庆幸，肆无忌惮地奔向房间。打开房门，却发现母亲开了灯，直挺挺地站着，用尖锐的眼神盯着我。我埋下头，摆弄着衣角，双方漠然僵持着……

母亲欠了欠身子，用略带沙哑的声音直切主题：

“什么都不用说，我知道你去网吧了。”

说完，她大步迈到我跟前，拽起我，把我推进了楼梯间。

等我爬起时，发现楼梯间的门已上了锁。我一怔，这楼梯间昏天黑地，是一个伸手不见五指的大黑窟窿，10年来我从没来过这里，只有迫不得已才从这儿经过。家里偌大的屋子，我唯一怕的就是这里。可“屋漏偏逢连夜雨”，我内心深处不堪寒栗。我猛然立起，奋力捶打门扉，大声地哭喊，可回应我的是死一般的寂静……

哭累了，喊够了，一阵百感交集，一阵不寒而栗，晚风吹得窗户“呼呼”作响，惶恐不安的我蜷缩在角落，只能听到自己的心跳声。

此刻，我既没有了对网络游戏的回味，也没有了对母亲的憎恨，有的只是……我一人，一夜，冥冥地思索，不知不觉竟睡着了。

晨曦初上，轻柔地将我唤醒。我睁开蒙眬的睡眼，怯怯地走到门边。轻轻触动，谁知门上的锁不知何时已打开。我惊疑地踱步出去，才发现餐桌上压着一张纸条：“儿子，网吧犹如毒品鸦片，一旦涉足，难以自拔，妈妈是担心你沉迷其中荒废学业啊。儿子，也许昨晚我严厉了些，可我是为你好。我一夜未眠，在门外守了你一夜。”看着满桌丰盛的早餐，我的眼睛模糊了……

此后，我从没进过网吧，也许有人会说是那夜那屋把我给吓着了。可每每回忆起来，感觉总是那样温馨，因为那夜那屋教会了我做人要有自制力，要能抵制住形形色色的诱惑；那夜那屋还让我读懂了母爱，感受到母亲对儿子的一颗拳拳之心。

蒲公英花絮在飞舞

张文音

刚送走在我家看病的大姑，还没有痊愈的妈妈又要去照顾即将做手术的妗子，房子也才盖好，还没有装修，小姑又哭着来借钱，生活不能自理的奶奶还在受傻瓜曾外孙女的欺负……为什么？为什么所有的灾难都一齐在今年降临？让人措手不及，把爸爸妈妈压得无法喘息。爸爸妈妈太累了，如果可以我愿意替他们承受这一切的痛苦和压力，毕竟，他们都是我至亲至爱的人啊。我边走边低头思考这些折磨人的问题，思考着我能不能帮上什么忙，但除了无奈、绝望和提心吊胆，我真的不知道自己还能做什么。

“嗨，姐姐，你碰掉了我的花！”

面前不知何时出现了一个小女孩。

“哦，对不起。”我急忙蹲下身帮她捡花，原来只是几株蒲公英。它们有带着花蕾的，有已开花的，也有花谢后开出小茸伞的，只是，小伞被我碰坏了两把，根部的土也散了一地。我抬头，她还只是一个五六岁的孩子。

“对不起，你的小伞被我碰坏了，你别哭，我请你吃棒棒糖，好吗？”我很怕像她们这些难缠的孩子，所以先讲了个“价钱”。出乎意料的是小女孩没有哭，也没有像其他孩子那样听说吃棒棒糖。女孩笑着说：“不用了，还能种活，还会开花！”说话的同时，女孩圆圆的小脸上绽放出两个可爱的酒窝，眸子里像是有一汪水，纯净、明亮，像传说中的天使！还有头上的粉色蝴蝶结，很熟悉，好像我的童年里也曾有过一朵。

“还能种活，还会开花！”朦胧的记忆中，我也曾种过蒲公英，每当春天，蒲公英花开，满院的鹅黄，满院飞舞的降落伞，还有满头蒲公英花的我。妈妈说我是的蒲公英公主。

那时，我会不知疲惫地追着那些白色的蒲公英花絮，跑得满头大汗；那时，我们没有痛苦和烦恼，至少我没有，那时，我很幸福；那时只是回忆，离现在很遥远，就像这飘着的小茸伞，随着风，随着岁月，飘离了我的童年，飘离了我的生命。我想，我再也回不到那个把一株野花当作一个生命一样呵护的年龄，再也回不到那个追着蒲公英花絮跑得满头大汗的岁月，再也不是那个因一株蒲公英絮枯萎而哭鼻子的小女孩儿……蒲公英还是曾经的蒲公英，可是，那个种蒲公英的女孩儿哪儿去了？恍惚中，想起了刘希夷的两句诗：

年年岁岁花相似，岁岁年年人不同。

呆呆地站在喧嚣的大街上，我回头，天使远去，但我的手里多了一把蒲公英伞，白茸茸的，轻轻一吹飞起了更多的小伞。我想，也许那些小伞还会飘回来的，在一个温暖的午后飘回我的思绪，或在一个安静的夜晚飘回我的梦中，就像现在一样……

生活的沧桑让我失却了童年的纯真，但生活的路还要依旧走下去，既然已无法回到当初的纯真，那就调整心态平静地面对现实，勇敢地面对生活的风雨，用心去爱周围的每一个人。

那么，就让飞舞的小伞做爱的见证，祝福所有正在痛苦中的人们，愿他们幸福快乐……

在路上

王亚楠

“爸，在哪儿？今天……”

“在路上，丫头，爸很忙，改天聊。”随即是“嘟——嘟——”的声音。

这天是中秋节，我话还没说完，他就挂机了，什么事这么重要？18年来，在我记忆的匣子中，满装着回响在我耳畔的“在路上”。爸爸，我害怕给你打电话，害怕听到那句话，虽然只有三个字，却重似千斤、万斤，压在了我心头……

浓浓的夜幕打黑了乡村的景色，一切都笼罩在淡淡的月色中。月儿弯弯的，像极了爸爸弯弯的眉毛。

不知那是多久前的记忆了。

“爸爸，为什么月亮公公像小船呀？有时又更像您的眉毛？”童年时的我拽着爸爸的衣角，吃力地仰起头，问道。

爸爸微笑着，看着我，不回答，只是牵起我的小手静静地走上那弯弯的小径，那是一个只属于我和爸爸的静谧世界。没有圆圆的玉盘，只有弯弯的月牙；没有圆圆的车轮，只有我和爸爸轻盈的脚步声。

自从爸爸买了四轮车之后，我和妈妈原以为可以随时看到爸爸的“071”出现在屋后的路上。可事与愿违，为了赚更多的人民币，爸爸总开着“071”在高速上驰骋；为了结交更多的伙伴，爸爸总徘徊在应酬之中……你总是不停地在路上来来回回，哪怕已到家后，也常因繁忙而直趋而行……

我不喜欢那黑黑的车，只喜欢爸爸亮亮的瞳孔；不喜欢宽宽的马路，只喜欢牵着爸爸妈妈的手走在窄窄的小路上；不喜欢拿着最高科技最流行的手机听爸爸说“在路上”，只想听爸爸你对我说“丫头，爸回来了。”

“丫头，爸回来了”这句话对我来说，是个遥不可及的梦，“我在路上”，才是我常常收到的回答。

也许，我应该满足了。没有爸爸的陪伴与教导，我可与图书“相依为命”。沉浸在爸爸给我营造的知识海洋，我掌握了更多的文化知识，了解到更多的自然景观，在学海中尽情畅游。

想到这儿，我坚信，爸爸，你是爱我的。不为别的，只为你会想到给我电话，告诉我你“在路上”、你很平安……

茫茫的月色，淡淡的哀伤，风撼动桂树，满院飘香。我的心情渐渐平静，渐渐感受到我是幸福的。

“但愿人长久，千里共婵娟”，所有的人儿，如果最爱的人不在身边，请相信月光可以携带着你的思念，洒满他们的身边，溢满他们的心田……

爸爸，无论你是在路上，还是在跟朋友应酬，只要你平平安安，丫头就心满意足了。

我骄傲，我的爸爸姓党

李笑影

如果你要问我，你姓什么？我会毫不犹豫地告诉你我姓李。你要问我，你爸爸姓什么？我会毫不犹豫地大声告诉你：“我的爸爸姓党！”也许你会感到奇怪，你的爸爸姓党，你怎么又姓李呢？下面，我就告诉你其中的缘由。

我的爸爸在乡计划生育办公室当主任，听别人说，这可是一个肥差，一般做个一年半载就可以发财。可我爸爸已经做了五年主任了，我们家也没有什么变化。爸爸还是穿着他那已经发旧的西装，妈妈还在做着她那一个月四五百块钱的代课教师，我想要一个自己卧室的愿望也还没有实现。这是怎么回事呢？一次在爸爸办公室的偶遇，终于让我明白了其中的原因。

那天，我放学后回家经过乡政府，正好想起来要向爸爸要买字典的钱，便拐了进去。我还没到爸爸办公室，就听到里面传来大声的争论。办公室有人，我不打算打扰爸爸的工作，但处于好奇，我又放轻脚步，慢慢地靠近了他的办公室。从窗户偷偷朝里面看，里面有三个人，爸爸坐在自己的办公桌前，其他三人并排站在他的对面，看来争论就在爸爸和他们两人之间产生。

“领导，你就行行好吧！”其中的一个似乎在哀求。

“不是我不帮你们，实在是这有违政策，叫我没有办法呀！”爸爸回答道。

另一个人又说：“什么政策？在我们乡里，政策不就在你嘴里吗？你说符合政策它就符合政策，人家别的乡里不都是这样吗？都是乡里乡亲的，不要搞得太僵，再说还是亲戚。”看来他跟爸爸挺熟悉的。

“二哥，不是我不帮忙，而是……”哦，爸爸这一说，我才注意到，那个人是我的二伯，他平时很少和我们来往的。

“而是什么，你不要再犯傻了。你以为你是包青天啦，现在这世道，你就应该好好利用你的权利，为自己以后打打基础。你能在这站个万年桩吗？”二伯看来是在开导爸爸。

对于二伯的话，爸爸显然没有听。他笑了笑，说：“二哥，我不能站万年桩，但我要对得起这个岗位，对得起自己。你不能让我坐枉法之事吧？”

“老三呀，不是二哥要你做违法的事情。你看，这不是亲戚吗。你就……”

“越是亲戚越不能搞特殊。”爸爸打断了二伯的话。

“你就说，这事能办不能办吧？”另外一个人说道，“不就是多生一个孩子吗，你又不是没开过准生证。”

“是的，我开过准生证，但那是通过正常手段，符合国家规定的。”爸爸解释说。

“你……”看来二伯气得连话都说不出来了。他憋了一会儿，才生气的吼出来：“这事，你不办也得办……别忘了你姓什么！”

“我姓党……”看来爸爸也生气了。没有想到，平时一直好脾气的爸爸也会生气。我忽然觉得爸爸是那么的高大，焦裕禄、孔繁森……这些形象一下子涌现在我的眼前，而爸爸也赫然其中。

“爸爸姓党。”从此我牢牢记住了这句话，我暗暗地发誓，长大后，我也要姓党！

祖母爱

朱彦文

一

"孙女回来了。"

"孙女又长高了。"

在我的印象里，每年过年回家，祖母都会说这两句话，当时疲于应答的我始终知道，话里藏着祖母对我绵长的思念和深切的爱。

二

祖母家离我们家很远，而对于从小在外祖母的羽翼下长大的我来说，祖母在我童年里不过就是个身材瘦小、皮肤黝黑的老太太，但同时，我对祖母的爱却随着年龄的增长，心智的成熟，与日俱增。

三

仍然记得儿时的我，最害怕的就是和父亲回祖母家过年，幼小的我曾想尽一切办法以求逃脱此劫。但终究无济于事，当父亲轻轻叩响那扇沉重的大门时，我还是会装作开心地让嘴角上扬，心却沉入冰凉的深渊。吱呀，大门打开了，祖母快步走到我面前，用那饱经风霜的手握住我的手，顿时，锥心般的疼痛涌上来，那颗小心脏也慢慢复苏，化成一小股清泉，悠悠然划过脸颊。“我孙女回来了。”她牵着我的手，领我去房头自豪地向其他祖母炫耀，暖融融的亲情使我涨红了脸。我低下头，看着祖母——虽然早已被岁月压得驼了背，可自豪感仍然迸发出来；虽然早已被风霜蚀得花了眼，可我分明看到了她充盈的笑意。

我知道，祖母是爱我的，总是提前买好许多许多好吃的，等着回家。有糖，瓜子，饼干。对于我们这群在蜜罐里泡大的孩子来说，却已然失去了它的魅力。可对于年过花甲的祖母来说却是弥足珍贵。祖母经常会捧出一把瓜子，孩子似的抓一把给我一些。“来，我们吃瓜子吧。”又低下头不好意思地说，“我知道，你们城里孩子不稀罕这个……”“没有。”我硬生生地打断她的话，埋头吃瓜子，余光扫到祖母筋脉突出的粗糙如松树皮的手，会心的笑和泛在眼里的泪水，我却早已被笼罩在七月的梅雨下，湿透了心。

四

写到祖母，还有一件事我不得不提。它刻在我心底，偶尔翻弄时仍会有些许酸楚缠绕在每一寸心空。

已忘了是哪一年，只记得那年冬天，格外的寒冷。不巧的是，祖母家的暖气坏了，家里仿佛和外面一样冷，仅仅住了一个晚上，从小身强体壮的我也抵挡不住严寒的侵袭。微微发福的祖父与身体单薄的祖母奔波在冰冷的柏油马路上——他们怀着一丝希望，希望在大年三十会有修暖气的店铺营业。他们说，不能让孙女回来一趟冻感冒了，城里的孩子怎么受得了这罪，“……再把我孙女冻得明年不敢来了！”我摇头，拼命地摇头，泪水甩出眼眶，摔碎在地上。我红着眼睛，皱着眉头，把祖母那双被凄风啃咬得似冰的双手捂在手里，又放在胸口，而祖母，抬起头慈祥地看着我，感动中却掺有一点陌生，眼里满是泪光，片刻后又用力缩回双手，藏进泛白的袖口里。我靠着祖母坐下。时间的痕迹在她的脸上得到了淋漓尽致的表达，额头上一道道深深的沟壑记载着所有的苦难和艰涩。祖母站起身，拍拍身上的尘土，几欲离开，说在城市的另一头应该会有店铺营业，我按下她，喃喃道：“天太冷了，别去了。”祖母怜惜地摸摸我的头发，说：“好，祖母不去了，祖母听你的，你开心就好！”语气中溢满宠溺。

就这样，我们在只有几摄氏度的家中过了一个热热闹闹的新年。

五

也许，祖母对我做的都是那种老人对儿孙特有的疼惜与关爱。他们为了我们，将自己的尊严和信仰抛在脑后，忘记自己已是头白体衰步履蹒跚的老人，而以为自己是有着无穷力量的保护者。他们费尽心思，竭尽全力地让我们感到幸福和快乐，笨拙地表达自己的爱。殊不知，自己的幸福，才是儿孙最大的财富。

生活一直很幸福

马逸舒

车稳稳当当停在了爷爷奶奶家门口，当时阳光正烈，奶奶在葱茏的树荫下玩牌。我把大包小包扯着拽着背着蹦下了车，拉长声音，尽量甜甜地喊奶奶。奶奶冲我招了招手，左手拿着凳子，右手端着茶杯，慢慢地、笑盈盈地走了过来。

那画面，美极了——还融着柔柔的阳光。我接过奶奶手中的凳子，然后给了她一个热情的拥抱。奶奶自然是笑得合不拢嘴。

我从奶奶家的前门出去，绕到后门——我要去找爷爷，他肯定钓鱼去了！我要去给他一个惊喜！

透明的阳光，幸福的微笑，阳光在发梢滚动，幸福在唯美的世界弥漫……

踩着石板路，沿着轻漾的洞庭湖，望着在城市里从来看不到的那么大一片蓝天……我醉了！瞬间，什么灵感、什么妙语全没了，只想在那空灵的天际中消逝，只想在那轻漾的湖水中溶化……

风轻轻吹，树轻轻摇。靠近岸边的那些叶片圆圆的水草，可爱地望着我发愣——咦，很多年前见过你？

踏着那熟悉的石路，绕过那可爱的门球场，沿着那一栋栋原始记忆中的旧楼房，感觉又回到了小时候，又在急得满头大汗地找玄玄家住的11栋，又在沿着门球场找爷爷奶奶……

叶片圆圆的水草，轻漾的洞庭湖，幼时的那棵大树，那些红砖房，那不知名的白色小花，那翅膀轻颤的蜻蜓，那个方方正正的门球场，还有爷爷奶奶的气息……

儿时的一切，环绕着我，慰藉着我，静静地，轻轻地，柔柔地……

那静静的洞庭水，温和地淌过我的心床，那个梦想又不禁再现出来——我的儿时，曾有过最超脱的梦想——我要到洞庭湖边打擂茶给别人喝。因为这里很美，我喜欢这里的阳光和湖风。

球场角上，那棵依旧苍翠挺拔的大树依旧安详地望着我，当年那水草仍旧温柔地浮动着，而转角处的水草已有些出格地将头探出生锈的铁栏，寻找新的呼吸。

我那声嘶力竭地吼着我要自由的心柔柔地平静了下来……

我听见了一个轻柔、熟悉的和声:乖乖，不哭不哭不哭不哭……（我没有哭，只是你知道吗？当时的心已被泪水浸得麻木）

发出声音的好像是那湖，又好像是那树……

幸福漫开，绵密地将我俘虏。

我的心随着暖风飘逸而去，伴着湖水轻舒开来……

儿时，我又回到了儿时。

我跑了起来，跟着感觉。过了几个路口，两只安静的秋千随即进入视野。

什么也没想，我跑了过去。

蹬几下，荡几下，我便飞了起来。

前……后……上……下……

一个头发稀疏的小孩子望着我，笑得像破水的柠檬，好纯净，好可爱。

我便也望着他傻笑，傻笑。

开始，那个小孩似乎只晓得叫“姐姐”，后来才发现，他竟然会喊“飞”——脆生生地，直愣愣地，在我的脑袋荡进左上方那丛树叶里时。

原来在一个小孩子眼里，把脑袋扎到一丛树叶里就叫“飞”呀。原来飞就这么简单呀！

想着想着，我笑了。

那是一种久违的、在内心饱和而后溢出来的水纹。淡淡的，但那是真的，是幸福的——原来幸福是从心里溢出来的，而不是由外界浸染的。

我在幸福的空气中摇啊荡啊，起又落，翻翻飞飞，心潮旷逸，仿佛世界上只剩下了我，和那个教会了我飞的小孩子。直到那个小孩走了，我才恍然发觉，玩了很久了，得回去了。

太阳仍比较明烈，我踩着浓黑的影子飞回了奶奶家的后院。

阳光洒在爷爷背上，他正弓着背挖蚯蚓。

看到亲爱的爷爷，我和太阳光都明丽地笑了。

我冲上去甜甜地喊“爷爷”。

他也很高兴。

还说明天带我去钓鱼！

接着，我又陪爷爷喝酒、吃东西。

爷爷笑得像窗外的阳光，安详得像门前的洞庭湖。

站在奶奶家青翠的葡萄藤下，面朝那涌动着幸福的波光的湖，我恍然了解，原来幸福不仅仅是梦想成真，不仅仅是久经挫败后的成功。它是那么简单，简单得易让人忽视。

人生不可能如梦中那样大起大落、轰轰烈烈，更多的，是平淡。平淡的日子，不要浮躁和心急。幸福其实一直在平淡中浮动、摇曳。

原来，真正的幸福不是一种眩目浮华又难求的刺激。它唾手可得，只要你愿意舒展开心绪，只要你保持生活的激情，鄙弃麻木。幸福需要在满足与感动中舒展，放下一切，就能得到最唯美的幸福。

大自然最幸福的暗示、最唯美的感动，只有最敏感的人才能接收——被每日琐事折腾得麻木的人永远不能品味到真正的幸福——那从心底漾开的感动。

只有超脱，并拒绝麻木，幸福才会像今天太阳下的洞庭水，柔和地冲开心门，暖暖地溢满心湖。

其实，天一直很美，只要仰起头。

其实，生活一直很幸福，只要心还湿润。

第三部分

星光的味道

梦想的翅膀，让我看到了世界之美，聆听到了自然之声，让我仿佛看见自己的未来，也飞了起来。

——杨婵《飞翔的翅膀》

与远古相望

慈　琪

那时候，天空与湖水都美得像浑然天成的玉璧，有游弋的丝丝波纹，只与风、与鱼儿有关。

我曾满怀兴奋地去拜访一座山，据说它在那里生长了几万年。我想，当第一个人来到这座山前时，山和人都是多么惊讶而满怀欣喜的呀！这个人会独自在山的怀抱中徜徉，向山洞中打一个招呼，亲吻山的头发——每一片玲珑青翠的叶子。山和人心中都在想：这样一个可爱的朋友。

然而，我去拜访这座山的时间，太晚太晚。我听见背负络绎不绝的游人的山，发出苍老的叹息。一千种嘈杂的声音中，它分辨不出我对它的呼喊。最后，我终于在山的心口找寻到一块无人的地方。我匍匐在草丛深处，倾听很久以前发生的，一座山与一个人的友谊故事。古朝的一个人在对我微笑，而我分不清那是住在小茅屋中的姑娘，还是与山对话的先人。无论是谁，他们已携着属于自己的湖光山色离去，只留我，徒劳地送出双手，却得不到一个来自远古的温柔拥抱。

转过山脚，拂开轻轻飘动的开满小黄花的迎春枝条，面前蓬门花径，三两小蝶，简朴的衣衫，布头巾与纯澈的笑靥，以及一株始终花满枝头的、俏丽的桃树……它们看上去很美，很宁静……我伸手去触碰的那一瞬间，一切烟消云散。

我闭上眼睛，听到悠扬的笛声。也许有一个垂髫小童，在离我不远的地方摘一片树叶，嘟着嘴，摇头晃脑地坐在牛背上；又或者是一位白衣书生，倚在檐下，手执玉笛，吹尽自己复杂的思绪——笛声。无论在黑夜中、月光下，或泛舟湖上时，都与周围的事物有着奇妙的契合感，吹响在天地间，俯视朝代的兴替。然而，这样宁静致远的韵律，却在我之前的百十年间，逐渐减弱，至我的耳畔时，只剩一楼余音。我只好把它拉扯得更长更薄，一圈一圈，缚住自己的心跳，感受最贴近的律动与灵魂深处的战栗。

有佳人兮，歌于天际
高山流水兮，知音无觅
风雨住兮，青柳依依
游园惊梦兮，红泪空啼

沿着时隐时现的歌声传来的方向，我不知不觉走上了一条青石板路。路上大剌剌地生长着蓬勃的野草。拨开草丛，我看见一行深深的马蹄印。

这样深重的蹄印，那马背上，是否负着满满一袋信笺？我忍不住朝模糊的方向张望，竟真的发现了一匹马。

它高大的身影看上去很疲劳。它与背上的信笺都已奔波了很长时间了。鬃毛扬起，落下一片尘雾，我来到古朝的小镇上，看见家家户户的女人带着孩子从破旧的木门里钻出来，扶着发灰的红门联，带着笑容聆听渐行渐近的蹄声。

一阵风将邮袋掀起，信笺拍打着灰褐色的羽翼，停落在每个人的手中。他们紧紧攥着信，不停地笑着，舍不得拆开，有些人流着泪，像是寻回了一件珍贵的东西。我静静地注视着他们，竟有些羡慕。虽然等待了很长时间，但她们毕竟拥有了一份长长的，心酸而甜蜜的时光啊。

我抚着马耳问："你能为我带来一封信吗？"就算有人寄一片残留着香气的花瓣，一枚只被鱼儿轻吻过的卵石，或是一抔没有印上足迹的泥土给我，我也会感到幸福的呀。

马儿一声长嘶，小镇、镇民、远处的石板路和远山流水，顷刻间消失了。只有我躺在草地上，握紧的手指间，风儿发出空虚的口哨声。

衣兜中的手机突然响起，喧闹的声响，惊碎了梦的余音。

带着目标上路

耿思聪

观众早已入场完毕，正翘首以盼。忽然，一阵热烈的掌声响起，在众人的注目下，我容光焕发、自信满满地上台。“观众朋友们，大家好！欢迎收看‘人生导航’节目，我是节目主持人思聪。”这一串台词倒背如流，场下又爆发出更加热烈的掌声，大家高昂的热情，仿佛海浪一般向我涌来。回想十几年前，我也对“人生导航”节目十分痴迷，算得上是一个铁杆粉丝。我也因此树立了坚定的人生目标——成为这个栏目的主持人，成为一个帮助人们到达成功彼岸的“摆渡者”。于是，我开始不断“打磨”自己，向着目标奔去……

我拉回思绪，微笑地注视着观众，以温和的语调继续我的下文：“请大家闭上眼睛想象这样一幅画面，在一望无际的沙漠上，一个疲惫的人，晃晃悠悠地前进着。干渴和饥饿的魔鬼撕扯着他的喉咙，灌铅般的双腿举步维艰。尽管他在前进，但他的努力是微不足道的。”

我向台下扫视，在这异常安静的气氛中，观众们闭着眼睛，陷入了想象的空间，也许类似于王维笔下“大漠孤烟直”的景象吧。“突然，他摔倒了，像死人般一动不动。他绝望了！”我的声音不大，但着重强调了最后四个字。不少观众的眉毛明显挑动了一下，我满意地说：“那么，请大家回答我，这样一个迷途的旅者，最需要什么？”几秒钟后，几只手已经举得老高。

我走下台，把话筒递到一只稚嫩的小手中，清脆的声音说道：“食物！”“好，谢谢，请坐。”孩童的单纯让我会心一笑。话筒又被传递到一只大手中，浑厚的男中音在耳畔响起：“水。水比食物更加重要。”

听完这个回答，一种莫名的失落袭上我的心头，其实，我要的答案很简单呀！记得当我第一次走上这个舞台时，面对着台下那一双双紧盯着我的目光和那光亮的镜头，我竟紧张地说不出话来，脑海中一片空白。突然，一个声音对我说：“放松，这可是你跨进主持领域的重要一步，千万不能让‘紧张’坏了你的事。”就这样，我慢慢进入了平和的心境，竟奇迹般地将节目主持了下来。此后，每当我遇到困难，那个声音就会再度响起，激发出我所有的力量，我终于实现了自己的初步目标，成了“人生导航”的主持人。之后的每一期节目，我都期望用自己的智慧和真诚启迪观众，把观众们摆渡到成功的彼岸。

这一次，我又该如何摆渡观众们呢？我沉默一会儿，走回台上，坐了下来，淡淡地笑着说：“在这荒芜的沙漠中，只有零星的仙人掌充当它的点缀，摔倒了的旅人，得到帮助的可能渺茫到了极点，他需要设法自己创造生的希望。”大家开始冥思苦想，难道没有人注意我前面强调的四个字吗？我委婉地提示着：“他绝望，因为他迷失了方向，他没有一丝动力了。圣艾修伯里的《小王子》一文中曾提到这样一句话，‘对于沙漠中的旅者，最可怕的不是眼前无尽的荒漠，而是心中没有绿洲。’你们说，他究竟最需要什么？”

“啊，目标！”一个青年人脱口而出，继而几乎所有的观众都点头微笑，口中吐出了那清晰的两个字“目标”。

“是呀，沙漠旅人需要一个能激起生存欲望的目标，人生旅途，每个人又何尝不需要一个目标呢？”我和观众们开始探讨怎样用目标为人生领航，大家思绪飞扬，激情洋溢……时间转瞬即逝，“目标使人爆发出无限的动力，往往可以创造出奇迹！”，我精炼的结束语赢得了经久不息的掌声，观众们蜂拥而上，久久不愿离去……

走出录像室，抬头仰望星空，一轮皎洁的圆月在我头上发出淡淡的银光，周围那些淘气的小星星也眨着眼睛，对着我笑。今夜，我在众人心田上播下了目标的种子，众人应该会和我一同在人生旅途中披荆斩棘、勇往直前吧！

飞翔的翅膀

杨　婵

我渴望飞翔，渴望能驾驭梦想的翅膀在天空中遨游。我常幻想能够飞翔，如果我有一双翅膀，一对隐形的羽翼。想它有它就能从背脊长出，想它没有，它就能消失，我便能自由地翱翔天空，漫步全球，去探索天的辽阔，地球的奥秘。天究竟有多蓝，多广；地究竟有多宽；海是否无边。把这大地之美收于眼前，把这大地之物踏于脚下。

飞翔的翅膀，你能帮我实现愿望。当我张开翅膀，轻轻扇动翅膀，飞离地面，带着自己纯真的梦，心一直向上到达这座城市的高峰。这才发现，这座我居住的城市并不大，前方还更大更远。幼时的我觉得城市好大好大，景色好美好美，高楼大厦好高好高。如今站在这里才发现曾经的自己有多幼稚。现在只需一眨眼的工夫就能登上山顶，以前爬山觉得好累好累，现在尝到的也只有轻松和喜悦。张开双臂，城市仿佛被我拥于怀抱。

隐形的翅膀，你乘载着我的梦想，带我来到梦想的起点。看着远方璀璨的星星点点，我迫不及待地想去看看，想去瞧瞧地球最美的地方。我看着山底弥漫的雾色，我知道山有多高，明白摔下去的后果，虽然内心充满了恐惧，但梦想的激情冲破了重重障碍。我鼓足勇气，既已踏出梦想的第一步，一定要实现梦想。稚鹰有展翅高飞的时候，他也经历过无数失败和战胜了无数心理障碍，最终获得了熟练的飞行技术。我也要学习勇敢的稚鹰，踏上梦想的旅程，我怀着飞向梦想的勇气展开羽翼，想象自己是一只小鸟，用和小鸟一样的飞行方式扇动翅膀飞向了蓝天。我飞起来了，我真的飞起来了，这是真的。我努力调整速度和方向，最后稳定了下来，我摸摸白云，感受了白云的白，白云的软。斑斑点点的白云把蓝天装饰的绚烂多姿。一群大雁迎面而来，我还没有这么近距离观察过大雁，我兴奋地跑到大雁中间想摸摸他们，结果他们都避开了，飞到远方重新整队，他们有多默契，多团结。难怪大雁很少有伤亡和离群的。我继续往前，飞到长城，我降落到长城之上，在长城上狂奔，笑着，笑声和着风在长城上回荡，我感受到了长城的恢宏雄伟仿佛来到了遥远的古代，目睹了古代人民建筑长城所贡献的心血和汗水。

希望的翅膀，你带着我飞翔。我飞往撒哈拉大沙漠，降落在茫茫的沙际，去寻觅生的希望，去寻找所谓的沙漠之舟，去帮助迷失在这沙漠中的生灵。这是多么伟大的行动啊，如果每一个人都具备这种能力——飞翔的能力，这世界将少了死亡和迷茫，多了希望与欢笑。我将继续我的飞翔旅程，来到有困难的人身边帮助他们摆脱困境。每当帮助了人，听到别人对你的赞美，你该多自豪啊！你会感到快乐的！

我挥动翅膀，来到文明古国埃及，观赏了辉煌雄伟的金字塔，去探索了神秘的印度之林，在森林中遇到危险便飞向高空，一次次惊险刺激的冒险之旅都会成为我毕生难忘的回忆。去看看大海，累了在海边休息。倾听海的声音，一望无际的平静和湛蓝给我带来了美的感受。

梦想的翅膀，让我看到了世界之美，聆听到了自然之声，让我仿佛看见自己的未来，也飞了起来。

心中的桃花源

陈　思

我的家很小，小到连厨房与阳台都是合二为一的。这个合二为一的地方，被我叫作“厨台”。一年四季，这里都干净整洁，一套蓝灰组合橱柜，两扇明窗，一方石桌，一汪清水池，明朗的阳光也总把这里照耀得温暖又舒服。小小的厨台里，还有着我无数的美好回忆。

曾有一个美好的夜晚，忽然有种秉烛夜游的兴致，于是点起一支小小的蜡烛，一个人来到厨台。那一刻，仿佛世界都沉沉地睡了，没有半点声音，那般静谧。心中生出一股“众人皆醉我独醒”的兴奋。欣然启窗，那如水的月光便倾泻下来，把一切映照得皎洁而又朦胧，如梦似幻。忽而，几点星光滴了下来，在清风树影中，泛起一层涟漪。是否，这渺小却璀璨的星光正是为了与我相遇，才穿越了数亿光年？

渐渐地，黎明了，一道浅浅的鱼肚白划破了沉寂的夜空；偌大的苍穹就从那道小口裂开了，先是一点点银白，继而成了极淡的蓝，然后轻轻的橘黄色水彩漫开在了湛蓝的幕布上，变红，散开……我痴痴地望着眼前这一抹姹紫嫣红，直到初阳把整片天空染成粉红色，才意识到，我已在这浪漫的小屋站了一夜。

我并没有自己的房间，每当家中来了大人，我便躲到厨台里去，掩上门，这里就成了我的乐园。

在安静而明亮的厨台，我可以抱上厚厚一摞“闲书”，忘记烦恼，忘记时间，一头钻进书海，尽情体验书本给我带来的乐趣。或是像模像样的为自己摆一桌精致的茶点：铺一张洁白的蕾丝桌布在大理石桌上，用镶金边带有玫瑰花图案的瓷杯沏一杯香浓的奶茶，在碧绿淡雅的青瓷小方碟中放两三块可爱又美味的蛋糕，最后还找出一只雕花镂空的琉璃碗装上一些五彩缤纷的糖果。经过这一番精心的饰弄，厨台里的弥漫着香甜的气息，连过往的小鸟也忍不住停在窗台，向窗子里探着小脑袋，似乎想飞进来和我共享这一桌美味。

有时，我甚至什么也不做，只静静地倚着厨台那散发清香的木门，看楼下草深树密；看窗外鸟语花香；看天外云卷云舒，看街上车水马龙；不亦乐乎。后来，不知不觉地就进入了梦乡。梦中，常常会回到从前，某一个深秋的黄昏。我把头探出厨台的窗外，感觉清凉的风拂过面颊，用手去牵在空中乱舞的叶子。忽然，一曲悠扬的口琴乘着秋风飘进耳中。仿佛天籁般遥远而凄婉，只是太过哀伤了，似乎在安静地诉说着什么，又似乎是在风中悲凉的飘零。口琴就那样轻轻地，忧伤地吹着，美丽得沁人心脾……

厨台里的时光，总是独自一个人度过的，虽然孤独，却别有一番“众乐乐”所无法比拟的恬美。也许，正是因为厨台把外面世界的一切现实与无奈阻隔开去，我才能拥有这样一份“寂寞的美好”，恰似陶渊明的“世外桃源”，就这样默默地体味孤寂，就这样静静地憧憬未来，亦是人生一大享受。不过，总会有一天，我将离开我小小的厨台，去那更广阔的天地。但无论走到哪里，在梦中，总有一条路会通向这里——我心中的桃花源。

哪怕花儿谢了，我还有梦

玫丽娜

上学期的期末考试，我考了534分，这是我读高中以来最好的分数。按照今年的一本录取分数线，我还有上一本的希望。然而，现实是，往届学哥学姐们平常考的分数与高考分数相比，都会“缩水”几十分，我想明年高考我说不定也例外。也就是说，我上一本的梦可能要破灭了。每每想到此，我都伤感不已。

爸爸妈妈每天唠叨：“只要努力，还是有希望的！”我听得耳朵都生茧了。“希望本无所谓有，也无所谓无，正如地上的路，地上本来没有路，走得人多了，也便成了路。”每每联想起鲁迅先生激励的话语，一次又一次磨灭了我伤感的心，点燃了我的梦之灯。

我最初的梦想，就像所有爸爸妈妈的梦想一样，上中国最高学府。然而，从上初中到上高中，这一美梦，在爸爸妈妈心中和我的心中都在不断地打折扣。“能考上一类，都是托祖宗八辈子福了！”爸爸妈妈的期盼和我的梦想交融在一起，逼得我没有任何退路。早晨5点10分就得起床，晚上接近12点才睡觉，不足5个小时的睡眠，让我欲哭无泪。教育部强调的“要保证中小学生有8小时的睡眠时间”，这对我们高中生来说，真是一个美梦啊！

尽管睡眠时间少，我也不敢怠慢。因为我不是为爸爸妈妈读书，不是为学校老师读书，是为自己的梦想读书。不管你是想考一类，还是想考二类，都必须考出较高的分数。如果只是比录取分数线多出上10分，也难以实现自己的梦想。因为上了录取分数线，不一定被录取，毕竟还有15%的“调剂”。而像我们祖辈都为农家的孩子，又不能靠“拼爹游戏”，只能靠自己的分数。于是，“分，分，分，学生的命根”。为了考分，我必须努力打拼。

“你正处在临界点，向前，便是人生的另一个拐点。”爸爸富有哲理的话语，说穿了，就是在逼我努力考一类。因为今年二类，很多自愿都空档。学哥学姐们都知道，上二类后，毕业就是失业。每每想到这里，心里像下起了小雨，快淹没了我打拼的路。伤感之时，我想起了“何苦生在帝王家”的大清公主。是啊，我为什么不生在爸爸妈妈那个大学生包分配的年代呢？而今，考不上一中，要交2万块钱；参加了高考，不一定被录取；大学毕业了，又不一定能找到工作。难怪有同学报怨：“读大学没什么必要”然而，不读书，又能怎么样？在这个知识快爆炸的时代里，我几乎成了教育的“囚徒”。

“12年来不自由，早读晚读几时休？”这句挂在我嘴边的套诗，虽然被爸爸妈妈批评为“消极”、“没志气”，但我仍然是我行我素。直到上个星期，我看到苏珊大妈以《我曾有梦》一曲走红的故事，让我震惊，让我愧疚。47岁的苏珊大妈还在追求自己儿时的那个梦，我为什么要放弃儿时的梦呢？没有了月亮，我还有星星；没有了星星，我还有梦想。

“漫步在人生的路上，迎面而来的总会有一段段危险的路程，如中考、高考等。而在人生的驿站上，终点亦是起点，有梦想就有实现的那一天。泪水是幸福的前奏，失败总能酝酿着成功。雪花散了，还有再飘来的时候……”我在日记里不断地给自己打气：我要努力再努力，打拼再打拼，为了我心中的梦想。哪怕是冬天的花儿谢了，我照样还有春天的梦。

青春的雨季

杨小枚

伴着成长的年轮，转眼即被抛到“16岁”的季节，那里充满了唯美的花香。在“16岁”的季节里，命运注定要给予你一段伤感的历程，唯有懂得品味，才会感到有落叶凋零悲伤的唯美，才闻到有花香一般的寂寞……

16岁，日记本不知道叠得有多高多厚了，因为开始走进了“文字的世界”，疯狂地爱上了文字。每天，翻开自己的“心灵世界”，手中的笔在纸上来来回回，记录着我们单纯的点点滴滴，总是不厌其烦。因为，在日记里，我们是自由的主角，可以悲伤着自己悲伤的世界，可以抒发着不能对他人抒发的情感。也许啊，因为这样，因为有心灵的寄托，我们的雨季里存满了紫色的梦，散发出它独特的青春气息，留下青春的足迹，青春的梦想。

16岁，不记得有过多少次沉默了。每到心烦意乱的时候，总喜欢独自跑到林荫小道，喜欢独自跑到操场，向安琪诉说着心灵的伤痛，脆弱地掉着眼泪，不断告诉自己要坚强。也许吧，爱上了寂寞之后，也踩出了青春诗意的脚步。于是，每个节奏都好有韵味。沉醉在诗意般的世界，虽然徘徊会觉得孤独，觉得凄凉，但我们会与孤独、凄凉结伴而行，走到那属于自己的世界。也许吧，青春的章节因此又多了一点色彩，留给青春的我们有不悔的回忆。

16岁，疯狂地喜欢上了杰伦的歌。耳边杰伦的声音使我们沉醉，伴着音乐独自徘徊到梧桐树下，看秋季落叶的飘飞，让音乐冲淡心灵上的烦忧，让落叶安抚伤感的心灵。总喜欢伸出自己纤细的小手让落叶很听话的飘到手心，缓缓地，暖暖的情意涌上心头。闭着双眼，寄予自己美好的愿望，也许我们一直相信童话，向往童话，崇尚童话中的真善美。

于是，即使再残酷的现实也摧残不了青春少女的信念和梦想，随后让落叶再次飘上空中。因为，我们要让命运的天使看到我们的愿望，然后，会心一笑，伴着音乐欣赏着眼前飘飞落叶的壮美。也许——16岁的我们的青春世界，会因此而更富有韵律，带给青春的我们一幕难忘的美丽。

16岁，诗意般的雨季有着诗意般的伤感，诗意般的节奏有着诗意般的韵律，16岁的我们在雨季里成长，将会迎来一个风吹散了花的香味的季节，但我们无悔……

烙印在心灵的彩虹

文思秋

“将军！哈哈！没招了吧！”

“挡炮，这不是能挽回吗？嘻嘻！”

这声音是从邻居王爷爷家传出的。自从我结识了王爷爷这位“忘年”棋友后，这声音就经常飘荡在美丽的院落上空，带给我一段美好的回忆！

从小我就是一个象棋迷，虽然自我感觉棋艺不错，但同伴们称我是“臭棋”。有时想想还挺对的，但我的棋兴比谁都高。于是我处处找“对手”，好不容易找到了王爷爷，因为我们“臭味相投”，就这样两个跨越年龄的“棋迷”，很自然地成了“忘年交”。

我一有空就与王爷爷对弈几局，大有大战几百回合、不分高低决不罢休之势。我虽然是新手，但凭着“初生牛犊不怕虎”的豪气，趁着王爷爷的眼睛不好使的机会，倒也胜过几回。我觉得与王爷爷下棋，总有“醉翁之意不在酒”的味道，最大的快乐不仅仅是获胜，而恰恰是下棋时所获得的哲理。

一次，我因一步失误，而竭力要求悔棋，并已离开相威胁。

这时，王爷爷不紧不慢地说：“棋如人生，往往关键之处就那么几步，甚至是一步，你没听说过‘一步不慎，满盘皆输’的道理吗？走错一步，要及时地改正，也许还有挽回的余地。没到最后，就甘拜下风的人，往往是悲哀的！”我听了此话，急忙把迈出的右脚迅速缩回。“谁败了，下就下！”于是又坐下来继续下棋。我倍加谨慎，战局终于有了转机。正当我“痛杀”王爷爷的“无名小卒”时，嘴里还唱着：“一路杀来不后悔……”突然，王爷爷的一声“将军”，把我一下子置于死地。我这时才明白，这原来是他使的“诱敌之术”，唉，果真“姜是老的辣”！他赢了还不依不饶，对我说：“人最可怕的就是骄傲，一旦骄傲，往往就会失败！”想想自己一点都不错，如果不是骄傲，怎么能够中计！我想做人也应如此吧，于是我认真地咀嚼他的话，并且时时用他的话提醒着自己，不断地促使自己进步！

每当我取得一点点成绩，刚想放松自己时，我的“棋友”的话就回荡在我的耳边，于是，我不敢怠慢，鼓起勇气继续努力！

时值今天，王爷爷的话犹如烙印在了我的心中，上面不仅蕴藏着棋场的快乐，还有人生的真谛！

我的梦想——一个平凡的小学教师

石茂彪

我有一个梦想，那就是长大之后当一个平凡的小学教师。因为我觉得老师的工作是最辛苦而无私的，他们哺育着祖国的花朵茁壮成长。记得有一句话说：“教师是人类灵魂的工程师”。对，我就要做一个人类灵魂的工程师，教孩子们做一个有理想、有道德的共产主义接班人。

如果我是一个刚从大学毕业的一位新老师，在学校领导的带领下，来到我将要任职的那个班级。站在讲台上，面对台下几十张甜甜的笑脸，我丝毫也不害怕，大大方方地向同学们做自我介绍：我叫赵小明，是你们以后的老师。第一天走进课堂，没有什么经验可言，希望在以后的日子里和大家一起学习，共同提高。

话音刚落，台下的学生用热烈的掌声欢迎我的到来。接着，我也请同学们挨个儿自我介绍。介绍完毕，我又和同学们亲切交谈，这样我对班上的情况有了一个大致的了解。我想尽快地认识班上的每一个学生，知道他们的理想、爱好、特长……嘻嘻，可真有意思，只有这样大家才人互相了解嘛!

更吸引人的是我的教学方式。我上课时主张先让同学们预习，然后让“小老师”来讲解，还没弄清楚的我再来补充。这样，给乏味的课堂增添了趣味与活力。咦！那边有一个在讲话，真是气死我也。我走过去笑着对他说：“你的口才真好，将来肯定是一个做大事的人。”他羞愧地低下了头。瞧，既留下了一个好印象，又达到了效果，真是一举两得。

还有，下课之后，我会像一个大哥哥一个和同学们玩游戏，玩老鹰捉小鸡，踢足球等等噢，对了，我一定不会给学生布置一大堆作业，压得他们喘不过气来。虽然我布置的作业量不多，但要求好的质量，这样使孩子们有更多的时间去参加“第二课堂”的活动。那儿有属于他们自己的天地。如果有的同学考试成绩差了，要遭到爸爸妈妈打骂时，我一定全力制止，因为孩子是祖国的未来。

想到这，我不由哈哈大笑。假如我是老师，一定会像蜡烛一样把自己的光和热全部奉献给学生。

……

星光的味道

夏 菁

柠檬尽力了。

手中白纸黑字的语文试卷，鲜红的106分格外醒目。“你如果再加把油，完全可以考高分的。都初三了啊……”各科老师都曾如此对柠檬说过。初三是该认认真真加把油了。柠檬知道老师是对她好，但她尽力了，也只能在高分边徘徊、游离。

尽力就好，柠檬妈妈对她说过。多么豁达的母亲啊。柠檬想，是啊，尽力就好。想到这儿，柠檬不禁轻声笑了笑。

柠檬长得不算漂亮，但却韵味十足，有种淡淡的、清雅的美。曾有好友将柠檬的微笑比作“一杯幽香的柠檬茶”，更有甚者将她的笑容说为“不妖冶艳丽，却如歌如诗”。的确很形象。

“放学一起走啊。”快放学时，薇妮对柠檬说。柠檬冲她笑笑，算作回答。薇妮是柠檬众多朋友之一。其实柠檬也没有刻意讨好谁疏远谁，但同学们仍和她相处得不错。这也是一种本事。

回到家，爸妈还没回。自己把剩饭剩菜热热，算做午餐。今天周日，下午，柠檬一直趴在作业堆里，爸妈回来了，又上班去了，只有那个米黄色的小闹钟的嘀叮声在伴着柠檬。纸上沙沙声，似乎永不停止，在杜撰人生。

历史、政治、几何……一本本接受着钢笔的洗礼，打开，又合上。柠檬不喜欢像政治老师说的那样："制定一个好的作息时间表来督促自己的学习。"自觉的人，是不需要如此的。而且，如此将自己束缚在一个固定的格式里，岂不与套中人无异？那样的一种生活，如同死水般有何意义？

柠檬活着，就是为了享受的。她向往的，是一种闲云野鹤般悠然的生活。不一定要有春花，但一定要有夏草；不一定要有秋月，但一定要有冬雪。柠檬觉得，小说里的唯美不一定是完美，而完美人生快乐就行。就像柠檬，她从不与别人攀比服饰，但也不节约"每一分钱"。钱就是用来交换物品的，欠社会的总要还的，何必把钱珍宝似的藏着？柠檬有时真不知道"大人们"是怎么想的。人们总是把不喜欢的理论定为舆论，却总在不知不觉中制造真正的舆论。

很快搞定了大部分作业。看看天，已是黄昏了。休息一下吧。放下笔，拿了钥匙，关灯，锁门。一口气爬上24层的楼顶，站在楼檐，任轻风亲吻。

远处鳞次栉比的高楼，撕开了夜的帷幕。残阳如血，正坠在滔滔长江之上，企图与夜做最后的挣扎。如血的红，溅湿了天边淡淡的泊云。忽然想起一次地理课，老师手中的地球仪，无奈地在老师手中转动，太阳的直射点，北移，南移。恍惚觉得，那明媚黯然，是一个个、一次次的轮回。在命运的手中，再努力地抗拒，都是那么微小。有时不如顺流而下，悠悠然欣赏途中风景。虽然可能不会有什么故事。但追求的是一种心境。

一股淡淡的气流穿过柠檬的秀发。起风了。风把夕阳最后的笑靥，吹散开来，一波一波地，以夕阳为心扩散着。柠檬想到了涟漪这个词。不是这样的吗？一波一波地，波光粼粼，不疾不徐地散开。如斯的笑容。

不觉想起她来。她是柠檬的朋友，更是柠檬的挚友。从第一眼见到她起，柠檬就疑惑了，她是不是我的另一部分灵魂？相同的成绩，近似的相貌，尤其是性格，偶尔的一点差别，更显出她们的神似。此后，她们就成为挚友了。不一定要天天形影不离，那只是表面的友，真正的朋，正如孔子说的朋，心灵上的照印。此时，她在干什么呢？肯定也是站在楼房顶端，披着行将逝去的日光，看似水流年波波漾开，多么惬意的悠闲啊。忽地，耳畔似乎响起高山流水。忆起往年看到过的钟子期与俞伯牙的故事，不觉质疑。钟子期固然是俞伯牙的知音，但他的消逝，也不至于给俞伯牙那么大的打击吧？不管人生如何，终为土灰，殊途同归，只是归时不同罢了。人生就应是人生，不为快乐而过分欣喜，也不必为痛苦而过分悲怆。虽然柠檬与她一直事事不说顺利，却亦完美。可能有人会笑柠檬这种“未经尝试的乱想”的思想，但太多的人不知道，任何事情都是由大体到细节的。今日闪过的偶一还未经历过的思想，或许就是明日身临其境的前景。柠檬虽也不喜欢凡是都提前做好准备，但却不能拒绝一闪而过的想法。

红日渐西坠，天边挂着的残辉更显露出天的高远。星光已迫不及待地闪现了，月的轮廓也影影绰绰地出现在天空。柠檬的神情也有些恍惚了。那3年前小学的最后一个联欢活动，亦是此情此景。日月相照，充满现代化的酒红的天空，闪着幽玄不可揣度的光。即将各奔东西的朋友们，眼中隐约的泪光，含着淡淡的离别的悲伤。

更多的，却是对未来的期望。多情自古伤离别，更哪堪，冷落清秋节。真是如此吗？其实不然，正如这残阳，行将没落，但明日仍会升起，便是它此时的愿景。斜阳下的挥手，句句勿忘我，是祝愿的话。迎面，明月；背后，夕阳。终于知道了，自己为什么一直以来最喜欢解代数里的方程。因为，人生不就是一个要求的未知项么？看着那看似疑难的未知数在自己手下化为已知数，柠檬有种掌控命运的感觉。恍然觉得自己是悠然的快乐天使。来到人间，只是为了体味人生，何必整天开夜车学习把自己搞得那么累呢？想想也是啊。春秋时期，老子都还提倡“无为而治”呢。如此一想，柠檬就非常释然了。凡事都波澜不惊，处事泰然。因而被同学们称为“非人类”——怀疑是阳光的天使来人间考察的，一点儿压力都没有。对此，柠檬仍付之一笑。

不远处的江水渐渐平息下来，只有一尾尾银鱼儿时不时跃出水面，企图留住时光的脚步。天空中的一点儿残辉，披在泛金的江面上，秀丽、典雅。柠檬又想起了什么。他们老班，在某一个“特殊句式”中，也会如此庄严的可爱。虽然她已年逾半百且古朴得要命。她私下里管云班头简称云，这是在某天下午时发明的。那日，黄昏时分，云班头正斜倚在门口看他们做试卷，柠檬偶一抬头，见一束夕阳的华彩正镀在云班头的头发上。纵然云班头正紧绷着脸，但一头镀了金的发，仍给人很温暖的感觉，并且还伴有一点儿飘逸的色彩。极富诗情画意的柠檬，旋即想到了云字。呵，云班头，云。于是一朵人造的云就此诞生了。后来不知是谁告了密，被云老班知道了。非常意外的是，一向反对同学们起外号的云老这回居然一笑了之，不再深究。她一定，也有过充满希冀的青春吧。柠檬想，虽然云现在是黑白的，但她一定有多彩的过去，如云的悠然。云。

滔滔江水渐平息，日光之羽已落去。那波澜壮阔的江水，此时已凝成一卷如梦的恬逸。记忆的电影里，很多人一一从柠檬眼前闪过有师友、亲邻，刻在记忆里的，匆匆路过风景的，一个个，飘过。有那么一瞬间，在日与夜、光与暗、华彩与黑白的交替时，江水、飞鸟、余晖、梦的愿景，被定格成一幅珍藏的画。似那梁祝化蝶，翩翩飞过记忆。一闪而过，却留下，永远的水印；烙在春天的花香里，淡泊的深刻。

淡定下来了。一切都淡了下来。星星已在夜幕闪烁，柠檬也醉了。醉了记忆，醉了未来。父母应该要回来了吧。将又是一次欢悦的团聚。柠檬想，经历了分别的相聚才更加珍贵，走过风雨的晨霞才定会可爱。

月光升起，风息。遥远的梦，送来星光的味道。似水华忆，波波漾开。荡向，那不确定的未来……

第四部分

脊背上的花

做阳光的伙伴吧　一起说
幸福　让我像植物一样地生长
住在　自己细小的腰上　小心翼翼
呵护瓣朵的幼胞
她说呵　梦想　闪闪发亮
即使在每一个昨夜　也会成为
明媚的月亮

——苏笑嫣《夜与太阳》

脊背上的花

（组诗）

苏笑嫣

日子渐暖了

日子渐暖了
真好你说 因为我最怕冷了

周日 北京暴雪
昏沉沉的天 白色飘飘扬扬
压着昏黄 你教我画陶罐 一张又一张
傍晚了 雪还没停 已是一天
蓝色港湾还是世贸天阶 你说

公交车上我们靠在一起
一次次睡着 一次次醒来 跳下车
在前不着村后不着店的一站
没有商场 没有超市 没有商店
只是孤零零的一个站牌
你拉紧我的手顶风找换乘站 一步一陷
你搂紧我 把手放在我脸一侧 挡着风
围着你送的围巾 很红 很暖

天幕映着宝石蓝 海底世界的景观
雪仍在飘扬 轻轻的
我如此安全 幸福 和温暖

一路的暴雪之旅 也许 只为这一刻

脊背上的花

烟花陨落 爆竹声一条条
落入我的怀中
夜里 我背着古老的故事 探寻
作为回忆 它们该有自己的家
和主人

奔过聚拢的麦田 冲散扎着堆的群星
脊背上 沾满了露水来回滚动的声音
这一切 你是否感到沉重或是无力

可我什么都不想说 爆竹声也不想说
我们 一对暗着的眼
脊背上生长出妖娆的花
是回忆 是美丽 是痛苦 是幻象

来吧 坐下来
围住这倾诉的火
如果你不愿再坐成一颗石头 麻木地
像每一个昨天一样 下落不明

夜与太阳

头发疏落落地 灌满阳光
紫罗兰悄无声息 细小 呷着水
如我未风干的黑发
静谧 贪婪
雪后的篱墙 一支支白色的河流
阳光和鱼一同跃进 温暖

似一个失忆的人 这巨大的空旷与安静

不要问起 昨夜烟花撑裂的黑穹
一次又一次的裂响
不要提及 那挟刀而来的风
它的哭 它的唤
以及 唤醒之后 奇怪的离遁

做阳光的伙伴吧 一起说
幸福 让我像植物一样地生长
住在 自己细小的腰上 小心翼翼
呵护瓣朵的幼胞
她说呵 梦想 闪闪发亮
即使在每一个昨夜 也会成为
明媚的月亮
是舞者的心脏 是黑夜的太阳

想起你，沉默

一切陡然安静 思念伸出巨大的手指
芦苇篼出的狭长阴影
让我想起你的叹息 就像梦游者走出梦境
在月光下 沉默不语

阳光很亮很亮 亮得我再也看不到
泪的手指 只是坐在 你曾经坐过的地方

一遍一遍地 贪婪吞噬、劫持和离去
那些画面和言语 像女人照着镜子 一次又一次
在水面下 在光影中 被悄无声息地
掷碎

秋日船头 风还带着
夏季灼烧的气味 是不肯舍弃的
我想起一次次沉默的对话 想起
手中脱落的书籍 想起破败的阁楼和疯言疯语
想起烟花亮起的那一刻 我们的呐喊
想起你的名字

想起你说 被记住 或是被忘记
都是别人的事情 如此而已

听雪的声响

此时雪又下得紧了 街上的人并不少
南锣鼓巷的灯火 并没有
被这突降的雪吓到

Tori Amos在耳机里唱着Winter
她空灵灵地唱 雪就空灵灵地飘
来一阵风 她的声音就抖一抖

雪的舞步就转几个圈
然后继续高傲 昂着头 冰凉凉的
雪嵌入雪的声响如此细微 但直接
就像瓷 出现了细微的裂痕

而我 这朵不知该飘往何方的雪花
在霓虹灯下 暖了 醉了
暖得 醉得 就要化了
而你那只听雪的耳朵 被雪声
就这样卷走了
被我的细语 轻轻卷走了

苹果花

（外一首）

木　鱼

苹果花

园里的春天又抬起了头
一寸一寸的伸手拥抱这片荒芜
细密的草 怀揣心事 幻想
小南风一吹 它就摇一摇 摇一摇
绿便一小片一小片的荡着秋千
你说真好啊 我说真好啊

苹果树花开的时候 芳香缠绕庭院

粉嘟嘟的故事相竞盛开
像你一样的芳香密密麻麻的簇拥
影子微小 燃烧你绯红的脸颊
这时候 岁月涉过河流 远去了 远去了——
你的 我的青春岁月

两亩地的月光

向上帝借两亩地的月光
喂养葵花 喂养怒放在我身上的
那些穿黄礼服有思想的人
那些黄色人种 在跳舞 在歌唱

之后有我的情人出现她是葵花的一朵
她是众葵花的母亲 而我 是父亲
我们生养一池江河 取名叫长江 黄河
我们可以任意开花 任意结果
我们扭打月光 我们有自如的爱
我们就住在两亩月光的葵花地里
年轻人 找我的时候不要迷路

若干年后 我们会老 头发变白 牙齿落光
我们不再生育 我们学会还账 借上帝两亩的月光
我们还他一地幸福的儿女 和家园

高度与边缘

（组诗）

何　伟

往　事

你走在放学回家的路上
我跟在后面
远远的送你
周边的稻田是枯黄色的
我害怕路边人家
过多的串门人
害怕路上过多同校的学生
我在整个冬天的晚上

听着你送来的音乐盒
我把它带进班里听
我害怕其他人看到
我在书脊上写下
我们的名字重叠
每节生物课我都在研究
我们名字在变换中
是如何显出
我们之间存在的另一个字

雨花石

这颗小石头
这小小的爱
从指间传达
挂在胸口
常常偏离到左边
仿佛我们心口的石头
只有这么点大
绿色的小石头
我们二十岁
红线在脖子上吊住小小的爱
我们深深地呼吸着
冬日的雾花

开在额前
小小的石头
滚烫
带着心跳

边　缘

我们在一起　夜色下
岛的周边少有人在
我们不能再往前

前面太黑
我们会在黑暗里
做些偷偷摸摸的事

我们伸出双手
我们凭着触摸感知
这个夜色下
有些温度
让我们心跳加速

虚　无

冬日的晚上

枝头少有叶子落下
小风吹过我们的头顶
矮树丛红色的小果子
消失得干干净净

高 度

我们身后的睡美人
她周边是水
她被雕塑者放在高处
陪同她的是清澈的水
和几块大石头

我耻笑你不敢站在
我们身旁最高的石头上
他下面是流淌在低处的湃河水
你本有的高度
还不能够让你看清矮小的事物

我要为你拍一张相
因为暮色降临
我们要去填饱肚子
和眩晕头脑
因为相机也不具有看清矮小事物的缘故

我们将忘记你的高度
以及身后飘到的柳条

越 过

每一次路过年底
冬天的大雪总是越下越小
村庄在大雪中彰显出温暖
那些都是在小学的日子

婶婶家的烟囱大老远就能看到
树杈上的鸟窝借助着屋檐得度多年
小书包在卷曲的书本放进柜子之后
背带也就断了
伤口仿佛瞬间大了起来

大雪降下 发不出声音
这让一家人总是在夜里
估测次日的大雪
来年的丰收
屋顶高高在上
枝干高高在上
大雪高高在上落在我的头顶
落在父亲年末都放在院子里的梯子

雪花就像顺着梯子到达院子

无论站在云露桥 站在宿舍楼的最高层
总能看到到达屋顶的路子
看到白白 昏昏 黑黑的天空

总在年末看到梯子
想到大雪高高落下
已成往事

太阳雨

（组诗）

莎　紫

幸　福

我要以一朵云的轻盈　和你流浪
和每一棵稻子　做短暂的朋友
每一个黎明　都是我们永恒的光亮
一片树影　是一场黑夜的降临
凭借它的疼痛与安宁
在陌生的村庄　腾出彼此的情愫
告诉每一位母亲　每一座山
每一位怜悯过我们的路人

告诉他们 春天的模样

沿着目光 倒去的方向
我要以一朵云的轻盈 和你流浪
穿过一个又一个
一个又一个 红的 蓝的日子
等最后一根白发 离开了头颅
再和你定居 和你做没有名气的花匠

太阳雨

我们累了 猴子奔跑得太快
而孔雀的屏又开得过于慢悠
我们的眼睛 在不停地捕捉
这些快和慢 彼此的童年 在
鸣叫的知了声中 在
盛开的金花茶蕊里 在
榕树阴下得到延伸
我不敢踩坏一棵草 一粒沙
我怕时间 也跟着被踩疼了

现在 我们累了
我们要在石凳上 借彼此的肩膀
栖息 看一场太阳雨

哈哈镜

我还没有老 但腰
却成了倒挂在 凹凸面上的月亮

我以为自己很美
在不同的房子里 把自己倒映在
自己的面前 于弯曲的面上
但他们的笑声 刺得我的眼睛
疼痛不已 像千万束针的目光
同一方向而来 有时候
我的脚长可伸及地心
有时候又短粗 缩回肝脏
我甚至有四个眼睛
却还看不到 如蛇的手臂消失何方
我不敢笑 怕看到嘴里无尽的欲望

它们如此嚣张地失真自我
我还依然执迷 一一走过
我觉得它们 就像生活之手
来尽情扭曲我的生命

右眼的泪水，流到左眼

也许 从今天开始 我要学着
把右眼的泪水 悄悄地
流到左眼
用右耳 倾听左耳的心事
用右手拥抱 左手的孤独
用右脚 抚慰疲乏的左脚

我要把所有 从思念里
抽出的丝 编织成一面旗帜
在你脚后跟的尘埃 挥舞
在空气里挥出一片 鲜艳的红

我想……

像撕一张日历一样 我想
用颤抖的右手 撕下这一天
我想用眼睛 剪辑下所有感觉：
笑声 阳光 以及调皮地
跑到天上的气球 我想把它们
粘贴在以后 你离开的日子里
让它 不只是单调的白

也许我傻 忘了把这一天的叶子
都收集在一颗星星里
请它帮帮忙 把这一天的光亮和颜色
平均地 分一点儿给以后
跟你走完了的月光
的夜晚
一天 一年 一辈子

流 火

从蓝色的幕布里来 从一线一线
薄而瘦的 云的后面来 他们有时倾斜
像一场预言 有时又垂直
迫着一棵草的低垂 一粒露的消失
一条河 一生的断流
它们赶跑清晨 挤出体内的火
燃 从一阵风 燃到另一阵风
一棵树 燃到另一棵树 一个人
这辈子的歌 燃到下辈子的诗
倚在墙上 灰尘上
它们常常 在许多个大署里流出
抽出空气的空 清凉的凉 以及
正在流动的 水里的水

第五部分

快乐的颜色

我时常感动得偷偷在被窝里哭。我亲爱的家人，踏青我可以不去，蝴蝶标本我可以不要，野花我可以不采，星星我也可以不数。可是，我怎么可以辜负自己的满腔斗志，将梦想关在只有自己钥匙的匣子里，怎么可以辜负家人眼底下始终无法掩饰的希冀与渴望……

——王野丽《我的初三生活》

我的老师高二叶

马　莹

高二叶，今天黑色为主，头发扎起，不高，后留短碎发。套装，高领黑色长袖衬衫，休闲裤。外套粗线针织敞襟线衣，垂过膝盖。黑色情调，略显低调，类型属气质型。

在高中已经混了两年了，说长不长，说短不短。现在已不是当初那样的小孩子了。生活很忙，学习，上课，写作业，有时觉得无聊，便自己找些乐子，忙中偷闲，也还算自由。学校不大，角落中总少不了吵吵闹闹。铃声交替，满楼道回响。

同学间相处得的确很融洽，同样的年少，同样的梦想，能坐在同一间教室里，并排的桌椅，是一种缘分。对于老师，似乎本来的对抗关系，倒也不显，偶尔犯点小错被骂，抱怨两句，一会就雨过天晴，悠闲自在了。

最近，时常想起高二叶来。

高二叶，即我们高二的年级组长。

姓名：以高二叶代称，故真名隐去。性别：女。年龄：不详（适婚年龄，但未出嫁）。爱好：穿衣（几乎每天都换不同的，样式，搭配，很讲究。品味独特，相当个性。主攻：地理（上知天文，下晓地理，人才啊）。

说真的，高二叶在我们年级口碑不好，因为脾气太糟。

每天早自习，班主任如果不在，大家吵吵嚷嚷，正狂侃胡扯尽兴时，只感觉猛然间，全班突然立马安静，掉根针都能听见。那不用抬头，猜都猜得到，一定是高二叶站在门口，一句话不用说，立马达到效果，这不是其他人都能及的。

这点在他还是高一叶的时候，名声和威望就已建起。上地理课，已养成习惯，成为条件反射，地理作业，还未做，那便要小心了，事虽不关乎性命，可要想安安稳稳地撑过今天，无论有多少事，退后。无论有多忙，连睡觉都要大梦惊醒，狂呼一声，地理作业还没写，然后奋笔疾书，没做地理作业，连觉都睡不踏实。上课时，第一件事，查作业，齐刷刷的，很少有人敢挑战。

自从上了高中，地理课上干点副业，想都不敢想。

上课说话，赶上他心情好的时候还好。哪天，比较点背，回个头，和同桌聊几句，尤其是谈论到精彩时，高二叶，一道光闪过，无声，对视几秒，总有种特有的眼神，让人有种不祥的预感。此时，若是马上低下头去，装着看书，也就平息。若是逞强，接着，全班一片寂静，顺着高二叶的目光，大家都朝着你的方向看去，投来怜悯的目光。高二叶一般站在第一排，三四行桌子间，一手支着桌子，一手拿着书，无限等待期，从刚才滔滔不绝讲课状态，进入表情严肃状态。几句批评，比之教导处主任，唾沫星横飞的训话，这的确是凤毛麟角，但总让人觉得被骂得很惨，有所忌惮。

另外，高二叶是一个极情绪化的人，心情好，满世界都阳光灿烂。前些天，文科班的一个朋友还跟我说，刚考完地理，也不知道怎么样。高二叶最近心情好，考完进班，拍着他肩膀鼓励了他半天，也不知道是他没及格还是高二叶心情好的表现，还得他担惊受怕，忐忑了好几节课。难怪，地理试卷，尤其是高二叶出题，是出了名的难。每次地理单元测试，都要花费些时间和力气。如其人，稳准狠。

高二叶做事利落干脆，当初上课间操，要求跑步下楼，以最快的速度集合。人那么多，门那么小，大家又刚上完课，慢悠悠的集合。年级组长，高二叶负责监督。但凡没在要求时间到位的同学，出列，在旁边做操。大庭广众之下，众目睽睽，别的不说，光面子，就丢大了，谁也不愿意出去。但被高二叶拦住，只得硬着头皮，旁边站了。这样一来，高二，总是先列队站好，与前面高三零零星星的几个成鲜明对比。

至于笔者本人，自认比较洒脱，本性不坏，也不愿玩得过火。不属于重点注意对象，与高二叶过招的机会并不多。

那天早上，学校补课，本来就懒得去，就起晚了点。到学校时，正好打第一节课铃。背着书包，走到门口和高二叶碰个正着。完了，完了。果然，高二叶发话了，“你是真来上课来的。”我以笑掩饰着，有些不好意思，大家都上课了，高二叶也没多说什么。嘱咐我早点，比画着，假装踢了我一脚。我就趁势溜了。第二天，我早早就进班了，早自习时，同学匆匆忙忙进来，带着和我昨天差不多的笑意，一进门就说，今天太背，进门就碰见高二叶，被踢了一脚，还被拧了一下。

有时吃饭，大家讨论起老师来，表情也几乎怪异，没说什么，相互对视，一笑而已。

几天前的年级会，却给了我很大的触动，尤其是对高二叶。

年级例会，校长讲话，年级组长讲话。美其名曰总结问题，主要针对期中考试。继校长越说越激烈之后，睡眼蒙眬之中，听到高二叶的声音，没有慷慨激昂，也少了往日的雷厉风行。说了这个月的迟到情况，五班多得惊人。但他，在楼梯角一个也没抓到。知道高二叶每天站在楼梯角查迟到，所有人都绕到旁边的楼梯上楼。高二叶说完，立刻引来阵阵骚动，大家都暗暗佩服那些人的应变能力，起着哄，边笑边议论着。高二叶停了片刻才继续。“只想强调大家与老师的关系，这种逃避，躲过我，仿佛躲过了责任。同时，却失去了一个机会。”我能想象出高二叶站在楼梯口，发现一个迟到也没有时，脸上应该会有丝丝笑容，但拿到迟到纪录时，看到名单上的签名后的样子。在赞叹那帮哥们之外，突然感觉，当老师挺悲哀的，费力不讨好，又累又忙，工资不高，待遇又低。与现在学生间的关系，总也微妙，不好掌握。正寻思时，听到高二叶说，他当老师，是很久的愿望，执着的向往，以至高三填志愿报考大学时，三个志愿都是师范类。听后，先是一惊，顿时觉得感动，又化为说不出的感受。看着高二叶，听他讲下去，礼堂里一片安静。

高二叶好像地理课总是滔滔不绝，讲得精彩，气氛活跃，无论多少琐事繁身，上课，就进入状态，她是我们见到作公开课最多的老师。

课下与高二叶聊天，对工作，对家庭的看法。就像一个比我们年长的姐姐。一起笑，一起闹，而不分彼此。我记得很清楚，高二叶曾经说过，他的这种性格，不易处理好与家人之间的关系。这样坦诚，当初却没有留意。

高二叶强势的身影，所有人，都不得不承认高二叶的能力。能力表现在管理，表现在教育，表现在统筹兼顾的方式。

不知怎的，突然那些画面不停地在头脑中闪现。好像我们忽略了太多，或只因为一些鸡毛蒜皮而根本就不愿记起。平常，纠缠在对抗与严厉之中，真的未曾用心去体会过什么。如今才后悔，没有留意的仿佛太多又太珍贵。

听旁边同学说，高二叶受刺激了。因为文科班一个学政治学疯了的疯子，指着她骂，一小破年级组长，管那么多。听后，特气愤。那厮要但凡有点良心，怎会说出那种话。前些天，高二叶还带文科班的同学出去玩，算作赏秋，嫉妒得我们都想转文科班。

有些感慨，一个年轻教师，也许还属于80后一代，这种想法看似让人很不能理解。听她讲下去，会发现这是潜藏在心底的一种梦想，或许，是我们的错，用过于世俗的眼光，去评判所有。用所有抵触，来面对倾尽心力的付出。用所有讥讽，来蔑视想要靠近的交流。因为年少，多少有些轻狂，轻狂中夹杂着无知，尖利的刺伤，迎面而来的拥抱。

对高二叶，真的想说抱歉。并无居心叵测的恶意，需要时间与经历，才会懂得体会生命的真谛。

对高二叶，真的想说感谢。付出不应没有回报而被忽略。这期间，期待理解。试图去体味，真挚总会得到感应。

高二叶，有些特别。

无论何时，总会记得在高中遇到一个老师——高二叶。

我校有位张校长

杨金秋

鼓起好大的勇气，才下定决心要写他。

我敢肯定，最起码在我班，挨他训次数最多的人是我。他总是会愠怒地走进教室，冷静地叫“班长”，然后，我立起，他开始训我。当然，更多的是他用他那双不大的眼睛，在教室里扫视上一圈，班里的噪声便立刻消失，这比我费尽心力地“管”上半天的效果都好。我很佩服。

他很凶很凶。他很少笑，以至有一天，有个可爱的短发女生怯怯地说：“老师，你可以笑一个么？”我想，她主要的意思是“老师，你会笑么”，反正，几秒钟后，他牵起了嘴角。我很汗颜。

这位“也会笑”的老师就是我校的张副校长。这位校长和我们这些学生心目中“想象”的校长形象真是不一样。他衣着简朴，表情严肃，经常低着头脚步匆匆，不停地上下楼层乱窜，时不时还弯腰捡起地上的废纸，或者混在学生队伍里“侦察”情况，看到不顺眼的就训上几句。这哪像个校长？

初中时我认识学校的一个王主任（也是半个校长啦！），很多“刺毛”学生不怕他们的班主任，可是，都怕他。他一样的不爱笑，一样的好管闲事。放假时，我回到母校去看他，他竟笑得像孩子一样开心。他给我看运动会的图片，给我看量化管理的排名，给我展示“拒绝毒品”的集体签名。离开后，被我强拉同去的朋友说：“王主任也会笑啊？”和初中的班主任提起这件事后，又很自然地想起高中的“王主任”——张校长，班主任笑：有那么凶的老师吗？我感叹道：“每个学校都有一个‘张校长’啊。”惹得一办公室的老师都笑了。是啊，有这样一位张校长，这样一位被调皮鬼畏惧，被同学敬佩，被大家谈论的张校长，这可能是学校师生的福气吧。要管理好一所学校，准少不了这样一个人。

一个朋友，转校后又要回来，遇到层层障碍，唯有他，唯有凶神恶煞般的他，张罗着给她转班，给班主任解释她的情况。我听后，觉得心里暖暖的，一点也感到不意外。春游时，竟有很多男生追星似地围着他照相，他被七八个男生包围在中间，我看见每个同学脸上的开心和得意，也发现他少有的笑容，和谐得让人感动。在天鹅湖看到他在挖野菜，样子和训犯错的学生一样认真。

记得一次晚饭，我忙着补作业，没去吃饭，教室里只有我一个人。他从我身旁静静地走过去，轻轻地关掉离我较远的一排灯，看清是他的时候，我暗自庆幸，竟然没训我。（不应该只有一人的时候开那么多灯）又一次，班里几个刻苦的同学提早来上早读，都在静静看书，不知谁在大清早把风扇打开了，呼呼作响，卷起一片凉意。不一会儿，有人悄悄地把风扇关了。我想哪个老师起这么早呢。当看到他面无表情地走过时，我的心便又温暖起来。那两个轻轻的动作，一直感动着我，仿佛从这当中便能看到他对每一个同学的关爱，一个看似凶巴巴的人，却能通过这些小事体现他的温柔细心。期中考试后，和化学老师讲到他，化学老师说，他也许太累了，对我们也很少笑，不过这一次学校成绩不错，他可很高兴呢。呵呵，我和化学老师都笑了。

在这所学校，如果你不知道他，你就真的out了。在有着近万人的东营市一中，没有谁会不知道他。在他面前，你会不知不觉地变得安静，内敛，自我尊重。你会注意自己的言行举止，你一定能够懂得，怎样做才是一名高中生应该有的样子。

在你身边，会时不时走过这个人，这个时候，你一定要乖乖的，装也要装得乖乖的，因为，这个人，是张校长。

秋意浓浓运动会

张佳羽

我的运动会，岂能天作主

2010年9月28日，星期二。初秋，天微凉，换季的我，带着一丝惰性，走向运动会场。

一切的一切，都显得井然有序，没有因为我的懒散，变得缺少章法。天还下着毛毛雨，跑道上湿湿的，我预想今天的运动会开不成了，心里很不是滋味儿，毕竟为等这场运动会，我盼啊、望啊，激动了好几天！更因为，这是我初中学涯里，最后一次参加运动会了。

旁边几位一二年级小同学，比我还耐不住性子；一直阴着个脸，比老天的脸还难看。她们在那嘀咕："好不容易才等到运动会的，准备好好放松一下，谁知这该死的雨竟下个没完了！这还开什么啊！"

是啊，确实很扫兴的。

正当大家和我一样，都愁上眉毛时，意想不到的状况出现了——可能是老天爷不愿看到我们难过的样子，就施了一个魔法……

天边，开始慢慢地放晴了。乌云开始散去，雨点也没有刚才密集了。

激动，分外激动。这个心情，真不知道该用什么词语来描述——就像一个哭泣的小孩得到了糖果一样，心里一下子又甜甜的了。

终于，在校领导同意可以如期举行运动会后，我们欢呼雀跃地冲下楼，跑向大操场。尽管操场有些积水，但那是挡不住我们喜悦的奔腾的！

运动会的开幕式是让运动员们“走秀”，他们排着方队经过主席台时，分别喊出了自己的口号，一种神圣般的庄重与迸发出的青春朝气，深深地吸引着我。不由地坐的更端了些。这个场面，还很像国庆节或者建军节时的阅兵仪式。虽然差很多，但我们热爱体育的精神和向往还是值得赞扬的！

同是运动会，今昔不一样

校领导宣布完运动会要求后，运动会正式开始了！

第一项就是百米赛跑。裁判举臂，打响开赛第一枪，运动健儿们各个像脱缰的野马，向终点飞奔而去……跑道两旁的同学则是高呼“加油”！那尖叫声，远远高于给偶像明星的尖叫声！这可不是夸张，一场比赛下来，总有人的嗓子能喊哑。

班里也很热闹，因为这次运动会可以带扑克啊、MP3啊、游戏机啊等等，所以班里不论是运动员还是啦啦队，在没我们班项目的时候，全都玩得不亦乐乎。四个人聚到一起玩扑克，什么斗地主啊，双扣，干瞪眼啊……玩得可顺手了。虽然不赌钱，但也不能说输就输了。这帮古灵精怪的家伙们想到了一个绝招：贴纸条！这不仅搞笑，还可以清晰地记录下输掉的局数。到时候，数一数，纸条贴得最多的人，就要给大家表演节目。哇！白花花的纸条，在火辣辣的比赛现场，越发显眼。那些家伙们不只是为了开心，还是想整整人。输的同学没有一个是能看清脸长什么样的，要么被包成木乃伊型，要么就是被五花大“贴”，脸上哪都有条子，连眉毛上都不放过。每次输了的同学都会发出感慨：“完了完了，这次我可要变成老妖怪了！拜托拜托，‘条’下留情啊！”

别看他们贪玩，只要有我们班的项目，他们就会放下自己的“玩兴”，用最快的速度跑上啦啦队区，站在那，为我们班的运动员们加油助威。大家吼起来，声势一边倒，好不热闹！

看着大家玩时玩得天真有趣，加油助威时吆喝得不遗余力，我感到了集体的温暖和力量，在心里默默地告诉自己：什么是团结，这就是团结；什么是友谊，这就是友谊；什么是温馨，这就是温馨。

这次运动会，我没有报任何项目，但并没有置身赛外，我负责的是啦啦队。每场比赛，我都得与大家一起去加油，任务虽小，责任却大。我想，如果连一件小事都做不好的话，那何谈做大事呢？

树上一个秋，树下一个我

运动会赛程已经过半了，初中的项目告一段落，高中的赛事鸣锣开场。

啦啦队，这个“加油站”不好当呀，喊得嗓子都冒烟。这下好了，我可以休息会儿了。于是我选择去看跳远，欣赏运动员们越杆时的精彩表现。

绕过一排栅栏，站在树下观看。望着运动员们一个个踊跃地跳入沙坑中，不由得想起我们班那几位女生，从没跳过高，却报了跳高项目。赛前练习时，怯场的、找不到感觉的、对技巧生吞活剥的，不一而足，千奇百怪。可她们咬着牙，硬是练成了像模像样的跳姿，加入到参赛行列中。想到运动员们的付出，就不由得振臂，为他们欢呼，为他们加油。

树上的一些提早泛黄的叶子，像荡秋千一样地飘落下来。它们也懂得我们的心情，随着运动健儿们的步伐，或者迎风起舞，或者一起奔跑、跳跃……

树，举着季节，站成无法违背的规律。虽然大多数叶子还没有完全变黄，可“一场秋雨一场寒”啊，它们终究抵挡不住秋意大写真。运动会的热度，也无法挽留夏日的燥热。风摆叶声急，凉意满面游，这场秋季运动会，因湿漉漉的秋雨的印迹，越发显得秋意浓浓。

平常，在枝头叽叽喳喳的鸟儿，不知飞向了何处，只有同学们的叫声，高过树梢，把个秋，撵得丢魂落魄。

哎呀，我们班的项目又到了！我又得去为我们班的运动健儿们加油了！在这儿，也祝福高中的同学取得好的成绩吧！

“加油！加油——”我们震耳欲聋的呐喊声，再次布满了校园的每个角落……

一个叛逆者的自白

邹　莉

有些时候总是刻意去掩饰些什么，或许是人无完人吧！但有些时候，在一定压力下，我不得不去掩饰些什么、表现些什么，这或许是“适应”吧。可是，当F压力大于F实际时，我才发现，我只是被动地做了几个别人认为很叛逆很忤逆的行为，这些行为已经伤及了关心我的老师、同学、父母，还有我自己。

叛逆行为1：不按时交作业

不知是受了谁的影响，作为语文课代表的我，一个老师眼里的好学生，竟然学会了不按时交作业。

周一语文课上，由于作业缺得多，老师亲自查作业，没想到一下把我给查了出来。很自然，我被老师“请”到了教室的后面。我不是不知道不交作业的后果，原以为会风平浪静，可谁知，眼里容不得沙子的语文老师给了我如此“嘉奖”。

我心里很不解，为什么不按时交作业就要罚站？这是“教育”还是“手段”？为什么别的同学在周记本上写上“本周无事可记，下周补交一篇”就可以顺利过关？为什么我堂堂一个优秀的语文课代表沦落到了如此田地，如此狼狈？为什么非要按时交周记、日记？为什么必须写作文、周记和日记？为什么不喜欢什么非要让我们去做什么？为什么连续3周了，我都是无事可记？为什么书到用时方恨少？为什么我的灵感迟迟不来？为什么……

答案应该是天意，命中注定的。“如果说真的需要什么理由，一万个够不够”，听着伤感的歌，我找了几千个、几万个理由，最后还是选择了“天意”，“天意”弄人嘛。

叛逆行为2：不尽其责

我曾想做一个父母眼中的“乖乖女”，老师眼中的“好学生”，以前也从不放松，时刻扎扎实实、勤勤恳恳地做好自己的本职工作。现在，我似乎太忙了。

原本每周六送一次周记，现在却把时间拖到了周一，作为文学社社员，每周交两篇稿子，却也迟迟未交。每次作业老师总是千催万促，才终于“千呼万唤始出来”，原本……其原因好像我是“busy家族”的董事长。

叛逆行为3：胡作非为，肆意张狂

周四晚上也不知是自己的哪根神经出了差错，竟然把数学老师给气跑了，我一下成了“呕像”——呕吐的对象，连我自己也不知道自己做了什么，为什么会那么做。但我知道，从此以后我便会被数学老师冷落，就会很快沦为后排差生中的一员。

尽管我私自调了位子，但是那不是我的本意，怪只怪当初我不该擅做主张。可是在后面也并非坏事呀。虽然这样，但我从未放弃，因为我怕失去，因为我不愿被冷落，因为我已习惯被守候。但这一切，被突如其来的一场“神经质过敏症”吓得无影无踪。我还想去弥补、去补救、去挽回我所失去的一切。“求求你给我个机会，别再对我说无所谓”，似乎全世界都回荡着这个声音。

总结其原因似乎应该是“冲动的惩罚”。

……

想要再列举我的种种叛逆行为，却听见一个声音在说“种子发芽需要水分，但水分过多，种子就会霉烂在水中”，我好像明白了这句话的意思，所以我不再去列举，我要按下“删除键”，删除这种种叛逆的行为。

可当我准备按下去的时候，我发现我缺少一样东西——勇气。我不敢去做。尽管我很想去做，我怕我会失去更多，尽管知道“失败是成功之母”的警句，我没有勇气去对我伤害过的人说“对不起”，我怕这句话说多了会适得其反，我更害怕夸下海口、立下雄心壮志后，仍然失败，尽管有“自信人生二百年，会当击水三千里”的名言，因为我也知道过于自信便是自满。

还有许多事情，我真的搞不懂。

说要认真听讲，却在历史课上打起了呼噜；说要继续努力，有的却是追逐打闹的身影；说是要好好学习，天天向上，却只是全神贯注地望着窗外。我真的好无能为力，我想要控制我自己，却一次次为自己而暗地里流泪，直到这时我才真正知道了“人最大的敌人就是他自己”这句话的含义。

我所能做的只有把自己归到“后排差生”里面，对我来说，我又十分害怕这样，而我也只能这样，因为我找不出除此以外的第二个办法。

我一直想追求自由，向往潇洒，憧憬无拘无束，所以，我也只有在我的作文里用一些有形的文字来表达无形的东西。我一直认为语文是一种扑朔迷离的境界，那似乎是一种只可意会不可言传的东西，因此我把心倾在上面，试图去看懂语文，也一直在这个游戏中左右徘徊，进进退退。

说实话，我很相信天意。可老天似乎故意和我作对，在我与数学之间设了一道不可逾越的屏障。不管我怎么努力去学、去做，事实总用无情回报我。我不相信“付出没有收获”，但相信天意，于是我失去了学习数学的信心，毕竟“无缘对面不相逢”嘛，既然与它无缘，为何非要白费气力呢！

我知道这只是我找的一个最荒谬的借口，因为只要努力，迟早或多或少会有收获，也许自己还没有付出太多。

我真的不想结束，我怕看到游戏的结局是以我的失败而告终。

有人对我说世上没有完美，我不相信，但现在我相信了。世间万物都不可能完美，尽管人都在追求完美。在我看来，人世间的一切都是一个未画完的圆，虽然有许多美丽的弧线，可那轮廓里面却是空的，就像心一样，心如止水，可那是一潭死水啊。

“假作真时真亦假，无为有处有还无”，还是一切随天意吧。

生活怪味豆

曹伟云

生活就像一颗怪味豆，有苦也有甜，有酸也有辣。只有经历过了，尝试过了，才知道它是什么味儿。

酸

唉，辛酸的往事真是不堪回首啊！但为了写好这篇作文，我不得不掀掀自己的老底了。这个星期还真是给倒霉撞到了。上政治课时，那老头儿讲得太没劲了，害得我眼皮直往下掉。结果，一不小心，身体往旁边一歪，椅子的一条腿就“离家出走”了，害得我只得提起精神，半蹲半坐地挨了一下午。而且，某些良心大大坏了的人，还一个劲儿地笑我体重“超标”！唉，这体重一向是女人，哦，不，是女生的忌讳，这下形象全毁在那把破椅上了！

苦

俗话说得好啊，“祸不单行”！我不知道又得罪了哪路牛鬼蛇神，可恶的上帝竟赐予我脚板一个大水泡。这个“礼物”实在太厚重了！害得我“兴奋”得走路都变了形。不，不能说是“走路”，应该说是“跳路”，跳来跳去，跳累了，就踮着脚走，一摇一摆的，活像一只南极大企鹅，丑死了！而且一不小心，碰到那颗娇贵的“千金水泡”，它就会进行反抗，害得我痛得龇牙咧嘴，哭爹喊娘……唉，反正就是苦不堪言啊！

辣

这几次的作文连连失利，我已经伤心得够呛了。可上帝不但不怜悯我，反而往我的伤口上撒盐。张恒那臭小子的作文竟被一本作文刊物给刊用了，还发了证书。哼，那小子牙都快笑掉了。笑吧，笑死你！等你稿费来了，看我怎么让你大放血！

更不赶巧的是，这次的物理考试，他竟比我高一分。这小子又有东西可炫耀了。可不，他整整得意了一下午，老是在我眼前晃：“一分啊一分，一分啊一分……”哼，我真怀疑，上帝不是他家亲戚就是被他给收买了！中国要是没法律，我早冲过去掐断他的脖子了！一分就乐成这样，那要是高我十分，他还不得跳楼啊！

甜

唉，辛酸、苦涩、呛鼻的往事已成为过去，现在该说说“甜”了。所谓“有苦有甜”嘛！

这个星期，唯一让我兴奋的事儿，就是来了个学者举行演讲。那老头儿讲得实在太好了，特好，不是一般的好！他简直就是我的知音啊！说得头头是道，句句在理，句句说到我心坎里，笔记我都做了一大堆。他不仅话说得有理，而且语言幽默。他还教我们如何放松自己，如何发泄情绪。当时我就想，要是我们的老师都像他那样儿就好了，不给我们施加过多压力，注重我们的心理健康，让我们在快乐中学习，在快乐中成长！

人生百味，酸、甜、苦、辣样样俱全，就像一个调味盒，只要我们用心调理，就能调出美味中的美味、快乐中的快乐！

夜读全记录

欧阳芬

20：00

教科书和辅导书为抢占书桌地盘而开战。教科书乃沙场老将，睿智权威；辅导书是初生牛犊，敢于挑战。双方势均力敌，正拼得你死我活，血流成河……漫画和小说在战乱中躲躲闪闪，苟延残喘，哪个不知死活胆敢出来抛头露面，命丧铁蹄就是它的下场。圆珠笔和草稿纸正在游行示威，抗议它们的健康和生命受到严重侵犯：圆珠笔三天就夭折，做一张数学试题卷就叫草稿纸们死伤一大沓。发福的书包小姐称完体重，嚷嚷着要喝减肥茶，每天硬是塞给它那么多高热量食物，还让不让人活啊？而这边，试卷们却开香槟举行庆功宴，庆祝这学期试卷产量突破10公斤大关。一对恩爱的黑蜘蛛夫妻在书架上织了网安了家，小日子过得挺滋润，眼下已儿女成群啦！海子和北岛早就被流放边疆，哥儿俩一见如故，搭起了炉子泡茶煮咖啡，神侃。右手边一大沓等待完成的习题面容严峻，个个一副不好惹的样子。

22：00

电视机仍不停地向我搔首弄姿，猛抛媚眼，企图再次成为我的宠儿，只可惜现在我的新欢是习题。眼镜和鼻子结了仇，俩人吵得鸡犬不宁。鼻子说眼镜厚得不像话，都把自己挺拔俊秀的脊梁压塌了；眼镜却怪鼻子自己长得寒酸蒜头样儿，能怨得了别人吗？十个脚指头闲置在桌底下太久，已开始蠢蠢欲动，外面月色那么美，出去遛遛多惬意！小花猫在脚旁蹭了又蹭，见我没理睬它便识趣地走开了，现在正躺在窗台上美美地享受月光浴呢。右手边未完成的习题册已经开始坐立难安，左手边已完成的几本习题册幸灾乐祸地等着看好戏。

00：00

上眼皮和下眼皮正处于热恋期，任凭我生掰硬拉就是不肯分开。这不，牙签都撑断了几根了。台灯大叔打着呵欠，像挤牛奶一样懒懒地挤出点光亮。它心想这年头干哪行都不好混，连学生都得每晚加班加点。月光像条高贵的水蛇，优雅地扭动腰肢，缓缓地漫游。晚风送来稀释的夜来香香气，醉倒大批活跃的脑细胞，于是脑袋像喝了药一样有节奏地摇动起来……右手边那剩下未完成的习题册个个愤愤不平，吵闹着要揭竿而起，场面混乱不堪。只有那张压在玻璃桌面下的“学习目标”像个局外人，静静地看着这一切，嘴角泛着一抹意味深长的冷笑……

读书随想

申梦怡

序的颜色

我曾经幻想，世界上有一种单纯的色彩，没有任何杂质，也不与其他的颜色混浊，就像涓涓不断的溪流一样幽静、圣洁。奶奶笑着告诉我：“傻孩子，上哪儿去找这样的颜色呢？这只是一个故事吧！”“不！我一定会找回来给你看的！”说这话的时候，我的眸子亮晶晶的，闪着童稚的味道。奶奶笑而不答，只是慢慢地用手抚摸着我乌黑的发丝，我觉得自己完全得到了胜利，高昂着头，唱起了凯旋的儿歌。回想幼时，真的有很多稚嫩的幻想。如今的我，早已忘却了许多青涩的愿望，不过这个关于单纯色彩的梦想我依旧记得，特别是现在，看到泰戈尔的那首无题的序诗时。

泰戈尔带给人的感觉总是那么遥远，他的诗就犹如一个个神话，或者说他本人就是一个神话，充斥着幽默的印度花香的气息。

在我童稚的梦里，泰戈尔是一个有着长长纠葛胡子的慈祥老人，在他高贵的花园中，培育着纯净洁白的无名花。芳香的蝶簇拥着吻着他的双足，他的笑模糊在和谐的柔风之中，似那夜空上挂着的辰星，温存却又不失神秘。

一个开篇的序，对于别的什么人来说，总是一笔带过的，最多就是写几句敷衍读者的危言耸听、夸大其实的风凉话。但在泰戈尔的序诗里，我却意外地找到了我儿时的梦，它是那么单纯，像是在另一个世界产生的一样。泰戈尔的每一首序诗，诗人都赋予了他最高的价值。

一个故事的韵律，我们都能够轻易捕捉得到：《婆罗门》、《代理人》、《供养女》。他们的颜色或湛蓝，或淡紫，或瑰红。好看吗？终归是有所掺杂的混合体。序诗的精华是更深层次的搏动，像海面上的飞鱼一般，冲在浪头的最前端。我不知道该用什么样的颜色来表述，是单调的白色吗？是乏味的黑色吗？也许这就是梦想中那个超出人类想象的色彩，它在不分昼夜的地方，散发着真挚的光芒。

寂寞的枷锁，牢牢地拴住了这位伟大的诗人。对于他来说，也许沉重的枷锁才是他一生中最完美的诗。

自由的代价如此昂贵，竟是要付出生命。

我很清楚，序诗不过是主旋律的一个伴音，会很快消失在无人知晓的苍穹。我也知道，有些人会把序诗当作白板一样翻过。这时候，泰戈尔一定会在他的诗的王国里悲伤，他一定会掉泪的，泪珠顺着他森林般纠葛的大胡子落了下去，一直落到了我的心里。

泰戈尔从不给他的序诗编写题目。他就像一个卖竹篓的商人，但这个善良的商人每次都会在我们买的竹篓中加装一些东西，那些叫序的东西，即使被我们无意中遗漏，即使我们从未看见过，但我知道，它的颜色一定很美、很美。

影子·思想

不知道为什么，读着鲁迅的文章，让人感到在成篇尖锐的字眼里，带着一丝一缕的悲哀。就像在阳光下飞舞的一根黑发，触动你心底最柔软的部分。对于鲁迅的话题，总会招来七嘴八舌的谈论。对也好，错也罢，我只是单纯地认为，这位照片上神情严肃、不苟言笑的大师，是个穿着沉重铠甲手拿长剑的骑士，在漆黑的夜晚，在月光笼罩下，披荆斩棘。《影的告别》，一篇短小的杂文，却记录了骑士在月光洗礼下冲出禁锢牢笼的瞬间。

影子。你认为它总是会跟随着万物一生一世吗？你似乎不知道，影子，也是会离开的。影子的告别，深沉又富有戏剧性。当她不再愿意跟随主人的时候，影子将在世上徘徊，然后永远沉溺于黑暗。那时，它会独自远行，直到停留在一个只有自己存在的世界。影子，在我们的意志中，到底是什么？回声响彻了天籁——思想。

当思想遭到禁锢时，他会愤恨、会寂寞，所以他只能选择离开，去做一匹自由的野马，让自己尽情地奔跑。当一个人的思想被限制时，所有的理智也将离他而去，留下的只能是一具没有半点用处、报废了的躯壳，死气沉沉地直躺在那里。处于现代商品社会的我们，早已不再受到外界的思想压迫，真正给予思想牢笼的是现在的自己。也许，你会诧异，你会斜着眼睛告诉我，你，是世界上新新的青年，你拥有全球所有的潮流元素，你会说你的思想意识是前卫的化身，它本身就没有被禁锢，自然谈不到什么解放。那么，我要答复你：错！时尚风靡了大街小巷，试问，有谁真正用思想触碰过它？潮流本身并没有错，错误的是你把它看成了潮流，看成了一种只有3分钟热度的事物。思想，只发挥了它最浅薄的作用。

说到这儿，我又不得不说到鲁迅，这位骑士。从那一篇篇犀利的文字里，我能够体会到他身处那种时期的压迫。所以他才从骨子里透出了深深的悲哀，他原本不想透露出来的悲哀，漫步在文学林间，呼吸着偶尔吹来的凉风，我嗅到了一股更深层次的讯息，这，属于鲁迅，这位骑士。

影子，就如同思想那样琢磨不透，怀着隐隐若弱的基调。这时的我们，在逛街左挑右选的同时，又多了一件必做的事，望望脚下，是否还有影子存在。

野雁南飞

一转眼之间，又一年就这么过去了大半，平平淡淡的，就犹如冬季，被压埋在记忆的花园里，成了又一支玫瑰，大红、热烈，又带着几丝妖艳。有多久没见着真正的冬了？我努力想从大脑里一个个杂乱的抽屉中搜寻，结果只是一无所获。连多久都忘记了，我轻轻嘲讽自己。冷，然后又是一个轮回，是大自然最残酷也是最火爆的一次表演，就如同去看自己最喜欢的演唱会，花了不少精力，赶到售票点，只等来一个票已售完。没有了资格，也只剩下一滴含着爱与恨的泪，从脸庞一直滑流到地上，就像电影中的慢镜头，回散开去。

一直都很喜欢玫瑰，大概是自己不够张扬的缘故。它热情、骄傲却又有着公主般的高贵，像冬天，美丽又不可侵犯。白色，冬的颜色，代表着圣洁、爱心，但冬总是会被排斥在美好之外，与一切灰色的基调混合，最后他就从白色变为了灰色。不想说得太老气横秋、有棱有角的，毕竟是没有圆的柔软，但冬天又总是那样圆滑，正如我所见到的，朱自清眼中的冬一样。

我知道，有些东西，是可以包含几千万个哲理的，《冬天》就是这样一种东西，似一件舒服的棉衣，温暖、安逸。冬天，是凛冽的大风吗？是漫天的冰雪吗？是人们逃难似的步伐吗？我迅速站起了身，又慢慢地坐下，无奈地摇了摇头。

无奈，真是无奈。有多少人把冬天比做是一个白色的恶魔，有着冰一样的心灵与邪气的眼睛。是你，是他，还是他们？是我们吧？是我们所有人吧？是我们把自己逼进了死角，使我们自己也成了变化的牺牲品。

朱自清笔下的冬天，温柔细腻，有着江南特有的婉约与秀气，最重要的，是《冬天》散发的温暖——人心的温暖，从自身散发出的温暖。

生活在便利的都市中，什么都是金钱至上。我们都过于习惯了把自己包裹起来，严严实实地包起来。从人们的眼神里，你甚至看不出任何属于人的表情。

说谎的人把心冷落在一旁，他自己当然会一天天凉下来，直到凉透、结冰。每一天都是冬天，就算是来到再火热的地方，心的冰块都不会融化开，都是一样没有温度的冷。野雁南飞，就是没有目标的目标，为何不让心去做一只大雁，让它去袒露自己的温暖，探寻自己的目的地。

我安静地合上书，轻叹了口气。望着窗外的群山，一队排成人字形的野雁往南飞去了，越飞越远，不见了。我笑了，它们马上就会回来的，因为，冬天，早已过去。

梓亚的等待

卢　路

那是一个异常炎热的下午，梓亚飞速地骑着车向学校赶去。一路上，骄阳似火，烤得柏油路快冒烟了，树上的蝉儿也不耐烦地叫着，仿佛在预示着一件不寻常的事将要发生。

果然，梓亚刚过大桥，就被一位在路旁焦急眺望的中年男子拦住了。梓亚很不情愿地刹住车。那个男子不停地搓着手，眼神游离着，操着一口徐州方言说："请问你是哪个学校的？"

"阳光中学的。"

"怎么走？"

"向南走不远就到了。"原来是问路的。梓亚正准备走，谁知那人连忙问："你是哪个班的？叫什么？"梓亚顿时提高了警惕，皱着眉说："你到底想干什么？"

只见那男子面露难色，结结巴巴地说出了原因。原来他是徐州第一加油站站长，来这里出差，下车时把公文包弄丢了，身无分文，回不去了，想向梓亚借些钱。借还是不借？梓亚一下子犯难了，他不知道眼前这个人是否值得他去信任——他终于体会到"矛盾”这个词的含义了。那一刹那，树上的蝉儿仿佛都停止了叫唤，它们也在等待梓亚的回答吗？那人显然看出了梓亚的为难，他连忙近乎恳求地说：“告诉我你的班级，我明天一定把钱汇给你。”梓亚忽然想起不久前的那次受骗，想起了父母往日的教导，于是他一咬牙，抬起头，僵硬地一笑：“对不起，我没带钱。”那人的嘴微微张开，仿佛要说些什么，但最后还是什么都没说。树上的蝉儿又恢复了叫声，它们感到失望了吗？

梓亚有错吗？不，他没错。只因这个世界太复杂，复杂得连人们那已经少得可怜的爱心也时常受骗。于是人们给自己披上一层外套也成了不得已而为之的事。可就在这时，梓亚刚迈出的脚忽然收了回来。因为他在回头的一刹那看到了那名男子的目光。那是一种怎样的目光啊！透露出来的是失望，是无奈，还是迷茫？梓亚说不清，但他感到那束目光可以刺痛他的心，并使他猛然想起自己几年前迷了路时的那种心境——面对路人冷漠的欲哭无泪。梓亚想到这里，便拿出了包里的十元钱——那是要交给学校的水费钱，递给了男子。那男子说了几声“谢谢”，并问了他的班级。

上学后，因为没交水费被老师批评了。梓亚并没有向老师说明情况，一是因为像他这种差生是得不到老师重视的；二是因为连他自己都不能确定是不是做了一件愚蠢的事。

晚上回到家，他向妈妈说了这件事，原以为会得到一顿痛批，没想到妈妈顿了一会儿，拿出十元钱，只说了句“明天交了吧”就离开了。梓亚不知道，妈妈还想说，千金散去还复来，爱心与关怀丢了就回不来了。

其实梓亚只是怀着一丝的希望在等待，可谁知第四天他居然收到了一张来自徐州的汇款单。他不住地看着，竟有些心潮澎湃，因为他终于可以证明爱心在这个世界上还是可以立足的。

但是梓亚并没有被这个惊喜冲昏了头脑，他忽然想起自己有个表舅在徐州，难道是……他一回到家就查阅了电话记录，果然不出所料，妈妈在前两天打了一个电话给表舅。梓亚看着这张汇款单，想了很多很多……

两年过去了，梓亚还在等待，等待有一天，这个世界能够真正充满爱与信任。

如果人人都在这样等待，那么梓亚的等待将不会仅仅是个等待。

第六部分

跳动的季节

春天里上房去摘香椿；夏天坐在门前的台阶上吃西瓜，或是雨天站在屋檐下，细数掉落的雨滴；秋天里约几个小伙伴，偷偷地摘邻家的柿子；冬天里打雪仗、堆雪人……北京的胡同里，总有数不清的乐趣。我真希望，能在北京的胡同里，快快乐乐地生活一辈子。

——权昕《胡同生活的乐趣》

故乡有条河

习修鹏

故乡有条河，潺潺流淌。

故乡是座小镇，静谧，玲珑。

故乡的家后面，有条河，在我的记忆中，曾经是条好小的河，现在似乎也和我一样，长大了，于是，我再也不能挽着裤脚就趟过河去，去河对岸的小岛捡回彩色的石子或是浑圆的鹅卵石。

梦，是甜的。每天晚上我都是枕着那些熟悉的旋律而眠，于是，在我的梦里，那些五彩斑斓的七色花瓣都盛开在末夏的夕阳里。在我的记忆里，那条河水都是澄澈的，我喜欢在水中看着我晃荡的倒影，那境界空明而又悠远。河水很温柔，就像……就像……像猫咪。对，就是猫咪，像猫咪高贵而又优雅的姿态，像它微眯而又慵懒的眼神，却还透露着倔强。

河水也有咆哮的时候，特别是盛夏。当那些久违的雨水在闷热的苍穹一泻而下，滋润着干涸的万事万物，那钵满盆溢的渴望顿时被满足簇拥着，那故乡家外的河也跟着奔腾起来，在夜空中嘶鸣，像是苍鹰翱翔着蓝天的肆意，又像骏马奔驰草原的淋漓。

那声音也大起来，从肖邦的夜曲变成了莫扎特第四十交响曲，吼……哗……

奇怪的是我并不感到害怕，因为我相信我熟悉的小河，它是我家门外的河，是我的河……就像是谁饲养的宠物，只为主人忠诚。而我亦相信我的河，是我的河。

一年四季，有小河流淌的足迹，就有生命的奇迹。

不分季节，总是会有葱茏的野草在小河两岸茂密地疯了似的长，偶尔几声动物的呢喃和细语，在某个落花的季节滞留。于是我也微笑着拿着袋子捕捉小河边，积水塘中的小蝌蚪，感慨于大自然的神奇，造物者的伟大，创造出如此杰出的生物，精灵一般，就像那部好莱坞经典影片中的鬼马小精灵，神秘，可爱。

后来的我，必须得离开故乡了。越成长，才越孤单，当我背着厚厚的书本，要去另外一个陌生的地方，去一个听不到小河伶仃的地方做梦，突然心里一阵恐惧，油然而生的是一种无法用笔触描述的惆怅。临行的那一刻，我在河边流连，或许是不舍，或许是害怕。

后来，我看见一片落叶，飘入水中，在水里打转，然后被水冲走了。

再后来，我已经模糊了对那熟悉的声音的记忆，只是还有那种感觉。就好像对一个已别的恋人，忘记了面容，但是那份忧伤却还深刻。

多年以后，还是回到曾经住过的地方，看见了久违的我的河，只仿佛是一位久违的朋友，心里不再有心花无涯的惊艳，更多的是相逢的旖旎絮叨，风中的柳絮飘落在烟花三月的我的故乡。

思恋的蔓藤痛彻心扉，爪畦也诗意了小路。原来我还是我，一个不愿意离家的我，一个习惯了河水拍打卵石发出清脆悦耳声的我，一个喜欢一条河的我，一个名叫河的我，一个我叫我是故乡的河。

故乡有条河，铿锵悦耳。

村口的那片槐树林

王　晴

翻开记忆的闸门，童年就像一条载着欣喜、欢乐、狂热、无忧的小船，悠悠荡荡地向我驶来，而小船背后那湛蓝无垠的大海就是我那可爱的家乡。这时我的思绪总会急速地闪过一些五彩斑斓的画面，最后定格于村口的那片槐树林。那里承载着一群孩子太多童年的快乐。

我们村坐落在一条自南向北的小河的西岸。不知是村民的淳朴和善良感动了小河，还是小河的宽容和富有养育了村民，总之，小河水长年清澈地潺潺流动，她慷慨地滋养着两岸的树木花草。在记忆中，小河和村落的青砖绿瓦是那样和谐地交融着。那片槐树林就在小河的东岸。我不明白为什么会有那么一大片槐树，而且没有一棵杂树。问过村里上了年纪的老人们，可老人们的回答总让我很失望，他们不是重复着“不知道”，就是笑我傻。我果真是个不可思议的孩子？

那时，上小学的我们总爱在上学放学的路上绕进槐树林。摘个小草，碰个树枝，抑或在地上打个滚，都快乐无比。男孩子们特调皮，偶尔会爬上树掏鸟窝。如果发现鸟蛋就会像得了宝贝似的，小心翼翼地拿回家煮着吃，当然偶尔也会萌发出自己孵个小鸟的念头。我们一路上蹦啊、跳啊，留下一串串歪歪斜斜的脚印，撒下一串串舒心的欢笑。其实，小镇有着宽阔的沥青马路，但我们宁愿多走些路，在槐树林里寻找些微不足道的惊喜。

四、五月份，是槐树飘香的时节。满树的白色的槐树花掩映在绿叶当中，一大串一大串满是的。每一个最小单位的槐树花都是一个小精灵，仰着小脸，倔强地笑着。那散发着的甜丝丝的香气，赶走了农民们一天的苦累，也刷净了人们心底的污浊。这些槐花大都是女孩子的最爱。在低处树杈上，摘几串花朵，提在手里，晃晃荡荡，和着低吟的曲调，自娱自乐。也有爱美的，将花朵别在发夹上，装扮成白雪公主。累了，摘一小朵，轻轻地抿在嘴里，一丝香甜立刻浸透心底。男孩子则尽显豪爽与顽皮，猴一般地爬上树，摘一大把当作武器，不分你我地玩闹着。一串笑声过后，满地的狼藉。

槐花的香甜总会香飘万里引来养蜂人。在河边搭一个简单的小帆布篷，支一口锅算是安顿下来了。几十个看似封了口的大口箱子，神秘地摆在一起。这总会吸引我们小孩子的眼球。蜜蜂是住在那里吗？它是怎样采花酿蜜的呢？而养蜂人又是如何去控制那些小蜜蜂？蜜蜂不会蛰他？……一系列的问题在脑中窜出来。这就促使着我们围在养蜂人的帐篷外，想一探究竟。而我们又怕我们的唐突打扰了养蜂人的工作，于是只好在外面故意制造些声响或大声说话以吸引养蜂人，冷不丁养蜂人出现在眼前，说：“去，别处玩去，别在这捣乱。”一脸的严肃。我们便红着脸嬉笑着跑开了。

时光的流逝如有魔法的老人挥一挥手中的魔杖时间就消失得无影无踪，我们还来不及感慨，就已步入青少年的行列。如今，我每天骑着自行车上学，都会经过那片槐树林。学习的劳累使我无暇顾及它的春花秋叶。闲暇之余我偶尔还会走进它的怀抱，树还是茂盛的树，花还是芳香的花，只是我再也找不到当年那自由欣喜的味道了。最近，听村里的人说，由于开发河沙资源，可能会毁坏部分槐树。听罢，一丝忧伤从心底升起，也许我只能从记忆中去寻找槐树林的影子了。怀念它，怀念我童年的快乐。

大嶝岛印象

白思存

初夏，风轻云远,阳光柔和,波澜款款。

5月7日上午，我们厦门英才学校师生一行三百余人结队前往大嶝岛英雄三岛战地观光园游访。

车队穿行在翔安半岛的南端。蔡厝公路两旁的夹竹桃，开得泼泼辣辣密密匝匝，白多红少，犹如两束伸向大嶝小岛的橄榄枝；车队很快抵达大嶝岛的门户双沪，三百多米长的路两旁也是夹竹桃，则开得欢欢喜喜热热闹闹，红多白少，好像是在伸展双臂，向蔡厝传来的浓浓情意作着热烈回应。

英雄三岛战地观光园，园内陈列品谈不上琳琅满目丰富多彩，却能把带着好奇心的游人带入战争影视上才能营造的氛围中。我不愿触摸那曾经因怒吼而发红烫手的枪炮管，只身登上海岸高台。

一湾浅浅的海峡，盈盈漾漾，大嶝岛与金门岛仿佛一苇即可航之。伫望海面，大大小小各类各型的货轮往来如穿梭，不闻汽笛声，只见船来往。天色不算响晴，大金门的地平线亦远亦近亦隐亦现，隐时感觉杳渺，足以让人两眼酸涩；现时则叫人跃跃欲试，一步迈过也似有可能。

傍午，又到一拨游客，大多为五十开外的内地中老年人，他们和十六七岁的高中少年有着不同的神情：前者分明是在连缀一段记忆中的历史片断，因而严肃多于活泼；后者显然是在憧憬不远的未来，因而嬉闹多于沉思。有一位女生，在再三追问，确信对岸就是金门后，立定昂首，双眸里渐渐渗出了两汪清波。她曾在一篇作文中专门写到爷爷在无数不眠之夜以眺望金门的星空来寄怀。老人家祖籍金门，成长生活在咫尺的厦门，数十年间屡想回祖居看看却不得。她是在遥望，也就是在做遥望接力，从祖父到孙女。我在一篇介绍当代著名学者,现为世界银行副行长林毅夫先生事迹的《新华文摘》中得知,当年他是在小金门国军服役时,怀抱篮球渡海投奔不足一公里宽的对岸大陆（今天的厦门国际会展中心）的,大陆以慈母的胸怀接纳了这位赤子。后来，迫于两岸民众一日高过一日的呼号，台湾当局开放了厦金两岸。唉，台海两岸同胞何时能像居家串门一样自如便利就好了。篱藩好扎也好拆，全在天理人情该不该顺应。

1958年8月23日，注定是一个不应当被忘怀的日子。海峡两岸本是同根生兄弟，只因双方积怨较深和各自抱定的主义和道路之争太过尖锐而再度炮口向相。顷刻间万炮齐发，弹如雨下，遮天蔽日，地动山摇，海峡从此恶浪滔天。中华民族百年创伤在继续流血流泪，直至1979年，春天重归人间。整整半个世纪，是两代人的生命嬗递的半个世纪呵！现在回首，我们有几多感慨怎能一下厘清？剪不断，理还乱。幸运的是两岸的炮击延至70年代后期，双方互射变得断断续续稀稀疏疏，且打前都预告，弹皆落沙滩。这似乎成了一种默契和宣告——这是我们兄弟内部的事情，外人少插手为好。

安烈民，曾载入小学教科书的英雄人物。放在任何背景下，你的忠勇都不容置疑的。我仰望英雄纪念墙上一组文字说明，终于找到了你，好亲切！读小学时，我辈人对于英雄联想的画面今天得以拼接完整。

大嶝岛不算大，可难以统计21年中的炮战落下了炮弹多少枚，爆炸的威力又怎样的把这片热土翻耕了多少遍。我曾在今春正月初六来大嶝走过，当时满野的是碧翠如茵的胡萝卜地。胡萝卜，炮弹，这两样形近似可对人类生命截然相反的东西，为什么在大嶝岛如此巧遇？初夏的大嶝岛胡萝卜依旧呈现墨绿色，尽管种植面积明显少了。不过，地里种植的其他的作物一样长势喜人，和平天地里的大嶝岛土壤格外肥沃。

首轮炮战，有典故可以在此录述。毛泽东主席远在中南海运筹决策，下令我大嶝岛前线炮阵只打蒋舰，不动美舰。这伟人的一招小计就把所谓的美蒋盟友关系撕开了大大的口子。滑稽可笑的一幕在厦金海面上上演了：护航的美舰见势不妙，开足马力调头而窜，全然不顾已着中弹起火的蒋舰盟友。世上内行几乎都瞧出了破绽百出的美蒋协议中夹带着的私货。是啊，世上焉有手足情逊位于外人互相利用关系的？蒋氏父子集团势力一直不肯退弃金门澎湖岛链，越来越强大的我人民解放军也没用烈火霹雳般气势夺过金门澎湖列岛，这恐怕是双方都超越了某个层级，心底存留一个默契：彼此为今后民族统一大业，心照不宣的留一条绿色通道。这何尝不是“兄弟阋于墙而外御其侮”的绝妙设计？

来到大嶝岛，绕不开的是随处可见的“金门三宝”。特种钢制造的炮弹皮，被金门当地能工巧匠熔铸后，再打造成灵巧耐用、锋利无比的厨房用具，它该为人间美食佳肴制作立下多少汗马功劳吧？这不比铸剑为犁的古老的人类理想实实在在地更进一步了吗？

难怪有游客不惜破费捎上一件两件。

金门岛缺淡水，所以岛上多植耐旱的红高粱。红高粱是酿造高粱美酒的基本原料。金门岛四周为海，空气湿度大，居民常饮高粱酒，能祛风除湿，健身又益寿。20世纪唱遍大江南北的歌叫《松花江上》，歌词里的大豆高粱引发了多少人的乡思和对入侵者的仇恨。如今的高粱照样既能在祖国东北黑土地上生长，也能在祖国东南海岛上丰收。同样根脉的红高粱呵，你最爱的就是祖国每寸土地！内地中老年的游人总要在大嶝岛把对岸金门产的芳醇高粱酒高高兴兴地带回去，其用意也就不言而喻了。

战地观光园西南一隅，停泊着的一艘退役仅供观瞻的钢铁炮舰。它的旁边立着2007年建造的纪念碑。那是为志纪厦门输供水于金门岛而立的。酒入热肠，水融血液，滋养的是同根脉的生命。共饮一源水的厦金两岸同胞，与日俱增的该是难分难解的血水交融亲情乡意！也许有人还不知，厦门也是一个用水不丰裕地区啊。

揣摩碑文，《棠棣》中“兄弟既翕，和乐且湛”的古老诗句在我耳边响起。

大嶝岛上还有一种高大挺拔的树，朝朝暮暮地与海风婆娑起舞，伴海潮摇曳生姿。这就是排排相思树。世上对相思树的偏爱和审美极致，莫过于我华夏民族了，这是有千古绝唱为证的：“红豆生南国，春来发几枝。愿君多采撷，此物最相思”。

相思树年年岁岁结下了多少相思果，撒落在起起伏伏的海水中，漂到哪里去了？近处的金门，稍远的澎湖，再远一点的台湾……阻隔了半个多世纪啊，两岸故土和亲人们可安好？咫尺天涯，树犹如此，人何以堪！我料想，大嶝岛、金门岛和澎湖台湾阿里山都会生长相思树。而这里的相思树有多高，她的信念就有多坚，她结出红透透的果实会一年比一年要团圆要饱满。

离别大嶝岛的时候到了，我瞧见有同座学生在小口小口地品尝着金门贡糖，那也是以对

岸高粱为主料秘制的特产。

回望“一国两制，和平统一”的巨幅汉字，一派湛蓝海水映着的她，在午后的艳阳照拂下，分外大气又自信。品过香甜的金门贡糖的两岸少年学子们，愿我们共同达成《诗经·伐木》的期盼吧：“嘤其鸣矣，求其友声……神之听之，终和且平”。

音乐的绿岛

——鼓浪屿游记

肖　宇

就像到北京一定要去长城一样，到了厦门谁也不会忘了那海上的音乐岛——鼓浪屿。

踏上鼓浪屿那洒满泥土芬芳的碎石小道，仿佛踏上了一支活泼悦耳的圆舞曲旋律。并不很宽的小道缓缓地伸向远方，伸向绿色。一边是青石砌成的绿墙，不规则的石头就像圆舞曲不重复的旋律，古朴而诱人。潮湿的墙吸引着众多的爬山虎，它们均匀地从墙下爬到墙头，微风吹来，叶片儿颤着，像一只巨手柔柔地抚着这些绿色的琴弦。墙的那一边是一排排参天大树，粗壮的枝条伸向小道上空，浓密的树叶组成一条与小道平行的绿毡，凉爽的感觉令人怀疑亚热带烈日的炎热在另一个世界。偶尔，也有几缕阳光透过绿毡投下金色的圆圈，这些休止符使圆舞曲更富有节奏感。

我们一行在小道上慢慢地走着，猜想墙的那边是不是上帝的伊甸园，真不知道我们是被围在园内还是隔在园外。小道的另一边是花园洋房，日式的，德式的，圆顶的，尖顶的……这也是鼓浪屿的特色——别墅大荟萃。这些不同风格的别墅相同的就是有树，有琴声。难怪鼓浪屿被称为音乐岛、钢琴之乡，这里几乎家家有钢琴，人人能弹善奏。著名的厦门音乐学院就坐落在绿荫丛中。

“哗哗”的涛声把我们引到了海滨浴场，这里是另一幅景象：金色的沙滩，绚丽的阳伞，鲜艳的泳衣，碧绿的海水，洁白的浪花，是那么和谐，像一支充满幽情的爵士曲。光屁股的顽童，天真烂漫，嬉闹着的青年，青春四溢，抹口红的老太太，晚霞似火。我站在黑色的礁石上，望着海浪次第向岸边滚来，那是大海美丽裙幅上的褶皱；排排浪尖上跳动的浪花，那是大海衣服上俏丽的花边；涛声阵阵，那是大海优美的歌声。原来这里的一切都会歌唱！

我们经过一线天，路过困难石，再往上爬，到了最高的一块石头上。微腥的海风带来阵阵凉意，俯视全岛，只见一片葱绿，犹如海中隆起的一颗绿珍珠。旁边的解说牌告诉我们，这是1661年郑成功眺望敌营，下令出击的地方。看到这，我眼前浮现出民族英雄郑成功身披战袍、威风凛凛地屹立石上的情景。轰鸣的海涛仿佛是壮士们的咚咚战鼓，呼啸的海风犹如壮士们的阵阵呐喊，这一切汇成了中华民族抵御外侮，抗击强暴的凛然正气歌。当年英雄在这里击退了荷兰殖民者，夺回了宝岛台湾。

坐在离岛的小艇上，我回头留恋地望着这绿色的小岛，沉浸在一支气势磅礴的进行曲中，前进，前进……

家乡春天的田野

张小丽

太阳公公疲倦地回家去了，彩霞姑娘在西天上织出了火红的锦缎，在她的映衬下，田野上一派令人神往的景象。

燕儿在田野上飞来飞去，似乎也爱上了这晚霞，久久不愿归巢。河岸上，一排排柳树姑娘，伸着她们的臂膀，妩媚地把长长的发辫抛在水面上，腼腆地与河水嬉戏着。黄鹂停在柳姑娘的肩上，用嘹亮的声音，唱着婉转悠扬的歌。

我徜徉在村西不远的河堤上，任凭晚风轻拂面庞，心窝犹如溢满了世界上最甜的蜜。

晚霞姑娘收毕了她含辛茹苦织就的美丽锦缎，玉盘似的皓月便升上了天空，用它银色的月光为大地母亲泻下了清冽的光波。

款款前往的我顺着河堤，注视着脚下片片野花，星星点点，五彩多姿，好似绣花姑娘绣的花儿，并且飘散着淡淡的芬芳香味。

夜色浓了，天空中闪烁着稀疏的“宝石”。我徐徐地踏上了田间小径，呵，这里更有一种特殊的享受，空气异常清新。举目远眺，远处呈现了乳白色的浓雾，一片朦胧。茂密而翠色欲滴的麦苗躺在大地母亲的怀抱里，享受着露水的滋润，吐出阵阵清香。青蛙和一些不知名的小虫协奏的小夜曲，划破了夜的宁静。我的心啊，一下子融化进恬静的田野里！

顺着这一条小径行走，借着月光，可以看到路边的小草挂着晶莹的水珠。哦，这里的空气洋溢着一种更加芳香的气味，处处飘散，处处可闻。是什么香？是花香，是麦苗香，还是新鲜的泥土香？你无法辨清。总之，是家乡田野特有的芳香，叫人贪婪地吮吸着，使人几乎陶醉。

月亮升得更高了，也更加皎洁明朗了。家乡那广阔的田野更加令人神往，白雾更浓了，空气愈加清新，大片的庄稼愈显得可爱。我相信，在美院学习的哥哥看到这情景，他一定会用画笔把它画下来，让更多的人知道我家乡的田野是多么美丽。

归家的路上，我又尽情地闻了闻田野里的醇香，弯下腰用舌头尖舔禾苗上的露水，呀，甜得像糖水一般。

啊，田野，家乡春天的田野，你那么令人流连忘返，再不像当年那样荒凉、贫瘠，不像当年那样冷落、空荡。如今你焕发了新的容貌，令人赏心悦目，使人觉得你温柔可爱，感到你有无限的生机。你赐给了人们幸福、欢乐……

我爱你——家乡的田野！

香雪海

李桓峰

寒风吹过，庭院里落了一地雪白的梅花。

初到庭院，还以为是下了一场小雪，但是微风拂过，那种令人陶醉的花香浮动起满园清馨，才明白是梅花的花瓣。俯身摭拾起一片花瓣放在手心，好似一片不化的落雪，柔软而又温暖。顿时令人心境明净澄澈。我拾取了一些花瓣，顺手将它们制成书签，夹在我的书中，让我在疲惫的时候仍能感觉到瓣瓣梅花带来的清香。

虽说寒冷，但是满地白雪一般的梅花却令我感到丝丝的暖意与亲切，就好像我也置身于它们中间，成为它们中的一瓣洁白与馨香。这样心动的情景，使我似乎无法想象那样美的感觉该有多好，但也深感到对落梅的同情与惋惜，经历四季只为寒冬而开出优美的一瞬，实景真是“寒梅傲霜雪，香气溢人间”的美好画面，不禁令我为之倾倒，为之沉醉。

次日清晨，天空飘起雪，一片一片，丝丝缕缕之间毫不粘连，六角形的雪花如同水晶薄片，渐渐地积满了院里的石板路，凉亭，草地，连树枝上面也覆盖了一层。抬头望去，雪花从天而降，飘逸潇洒，整个大地一片苍茫，天地间唯有雪是主宰，一切都那么渺小模糊。踩在柔软的雪上，不时发出咯吱咯吱的声音。我又来到沁香亭，亭里的梅花依旧开得灿烂洁白，在寒雪的映衬下，更有“凌寒独自开”的品质。寒风吹来，白梅似乎越发清香，香气已散满了整个庭院，这要比没有雪时的香气更加浓烈。我坐到寒梅树下的石阶上，看着雪花与梅花翩翩起舞，更觉此情此景美好难得，天上人间，恍若仙境。我伸手触及地上的雪花，雪入手即化，却还有淡淡的清香留于指间。咦，为何雪花也是如此清香？俯身轻嗅，整片雪地上清香不散，佛将一团香气锁在这深深的雪里。我拨开层层雪，终于发现，是梅花！它们藏在雪下，虽看不到它们洁白的容颜，但它们却用自己的清香来证明自己的美，让雪花继续它那独有的清香。虽然花瓣已落，却仍具梅的特性，似乎它们就要在落地碾为泥尘的一刹那，也要释放它的香气。

我想很多时候，我们看到的只是盛开的梅花的美丽，却忽视了那一片片凋落的残梅。寒梅虽美，但却从不张扬，它们经历暖春、盛夏、金秋，终于在寒风凛冽的冬天绽放，它们曾一度被迎春、百合、牡丹等花儿嘲笑，但它们从不因此而悲伤，始终坚持自己的追求，待到百花凋零在寒冷彻骨的冬天，它们毅然开出清香扑鼻的花朵。这番彻骨之寒，却换得它的不俗清香。

寒风吹过，庭院里满是一地雪白的梅花，还有那片香雪海。

古镇凤凰

李　楚

在湘西，青山怀抱中，藏着一个安静而又喧闹的小镇。那里的天空飘着大朵大朵洁白的云，绿油油的山坡上点缀着金黄色的油菜花，风吹过，这片被春雨滋润过的“绿毯”在和煦的阳光下泛起层层波浪。

这个小镇有一个美丽的名字——凤凰。

青色的砖瓦，斑驳的墙壁，灰色的石板路，色调单纯。这里没有大都市突兀刺眼的大红大紫，更没有物欲横流的“现代”气息。这里有的是小镇独特的干净，一尘不染，宛若过滤过，一切尘世的混浊都被拒之山外。沱江静静地在她身边流淌，木制的筒车一圈一圈碾过岁月的伤痕，吱呀作声，单纯而又美妙；流水泛着波纹，拥到吊脚楼前，清澈明亮；河岸边，散发出古老气息的吊脚楼俨然悬挂在半空；弯曲狭窄的街道，让人有种悠然不尽的感觉。这种感觉直渗入你的骨髓，恍若无形中，悠长的小巷融入了你的身体。

踏着沈从文老先生的足迹寻找着翠翠的身影，在山岭间、深巷里、江水边，我用心去发现。

路上，遇见一群花幞头大耳环风姿秀逸的苗家姑娘，她们中间有没有翠翠的身影呢？她们端庄、朴素，不苟言笑，害羞时螓首微颔，手藏进袋子里，异常动人。镀银的头饰、项圈、手镯伴随着她们的动作晃动，发出玻璃盘中落下翡翠珠子般的清脆声响，摇曳出一首首动人的歌。绣花的腰带，图案精美又古朴，背上的小背篓更是做工精细。从她们的身上我仿佛看到了翠翠的美丽和质朴——从传统民族艺术的土壤里培育出来的一种充满创造性的胆识和纯真，活泼生动，宛如苗家山歌，终日不知疲倦。

我怀着被单纯美丽充盈的心灵继续寻找着，在窄小的阁楼前驻足而望，一个十六七岁的女孩正趴在低矮的小板凳上很认真地一笔一笔演算着，像是忘了周围的一切。她是不是翠翠？从她身上，我读出了翠翠般的乐观和不甘人后——生长在这么偏远的小镇，却依然求知若渴。我想她的未来一定会如这小镇般美丽。

与小镇脱俗的沉静相比，集市的热情却是另一抹色调。沱江上传来响亮的号子，那是撑着小船的年轻艄公，长年的风吹日晒，黝黑的皮肤显示着他们的健壮，有力的臂膀悠然地摇着橹，往返于江的两岸。河边吊脚楼上隐约可见妇女们忙活的身影，老人家倚楼傍门做着古老的手工艺品，活泼可爱的孩子们嬉戏着上蹦下跳，姑娘们穿着美丽的花衣站在巷中谈笑。倘若你在远远的地方听着，那种喧哗起伏，好像就是江水流动的声音。在这里，你从任何一个女子、任何一个男子的脸上，都能找到热情；走到每一个地方，每一个角落，都能听到欢言笑语。这里的一切都是美好的。在这里，即使没有阳光，你也会感到特别温暖，所有的不悦都会被凝固带走。

这座古镇似乎是为了净化现代人的心灵，在这里静静等待了千年。曾记得在一本书上看过“世间也许每穿越一百年，就会有消亡和变迁”这样一句话。也许，有一天我们不能记起在这儿生活的人们，但这里的青瓦灰墙、悠长小巷，这里的淳朴与超然，一定会成为所有来过这里的人们心中最美丽的记忆。

最遥远的距离

温中源

有人说，没有去过周庄，就不知道江南的美。

有人说，要知道江南的美，只有去周庄。

梦里的周庄，总是那样的纯美、古典，氤氲着江南的细雨，弥漫着秋日的风絮。从一块石板、一株小树、一只灯笼到一条深巷、一幢老屋、一座石桥，周庄永远在那里，挥一挥衣袖，迷蒙了往昔，模糊了过去……

走进周庄，我还是感到了一份沉重，不是梦中的那份飘若云、清如水的沉重，而是一种呼啸沧桑的沉重。我问周庄："为什么？"水，轻流而逝，一去不返。

步入周庄，我沿着一条又一条的青石板在深巷中搜寻沈万三的足迹；在迷楼中品一杯香茗，去感受阿金的余温。但是迷了路的我却如何也嗅不出一丝历史的气息——猛回头，空调的室外机未停。

我问双桥："这，真的是周庄吗？"双桥摇了摇头，我不懂，它也不懂。

已近黄昏，我上了一条小船，我以为这样总可以找回些许遗失的过去，可是那尘世的喧嚣却撕毁了一层又一层空灵的静谧。我摇了摇头：这，绝不是周庄。

下了船，路旁的霓虹一盏接一盏地亮了。我叹了口气，低头前行。

沈万三，迷楼，阿金，周庄，水乡……

有人说周庄是以苏州的毁灭为代价的。可毕竟在姑苏城褪去了罗丝长衫之时，我们还是找到了一个穿着紫绮上襦的周庄。如若周庄也远去了，我们的梦又该飘落何方呢？

夜，深了。一枚红叶无声飘落……

步上傅安桥，我不想去思索朱镕基总理在此辉煌的往昔，也不想去探寻那霓虹闪烁的往昔与周庄到底有着怎样的默契，我只是长叹一声：别了，周庄！

傅安桥下，寒水潺潺，我知道那不是水，那是一河清泪。周庄真的太伤感了。伫立桥上，我看着那些灯火通明的酒店，看着那些觥筹交错的客商，我在想："你们，真的懂周庄的心吗？"

风又起，月华凝，四散的秋叶如同飘碎的流年，轻扣我的心扉。

走下傅安桥，我感到一股压抑，刹那间，我明白了三毛离开周庄时的那种痛。或许，她早就知道了这一切，只是她又不忍去点破，一个人把这份沉重扛到了永远，只留下一团永远解不开的谜飘荡在双桥边。那一刻，我想哭，但又是为了谁呢？为三毛，为周庄，还是为我自己？

我还是离开了周庄，带着几分无奈离开了周庄。我不知道是受了文人的欺骗，还是受了自己的欺骗，但是我知道，在这样的一座周庄里，我是定然找不到我的周庄的。

昨天，还反弹了琵琶，唱破了东风。

今日，又打翻了前世，惹尘埃四起。

从某种意义上讲，古老的周庄早已不仅仅是周庄，而更多的是一种精神上、文化上的东西。周庄作为一种文化，承载了太多人精神上的希冀，于是当我们蓦然回首的那一刻，留下的却只是一声叹息。

周庄，正在离我们远去，而离我远去的，又何止是一座周庄？

周庄的窘境从相当的一个层面上也反映了整个中华古文化的窘境。不可否认，在这样一个物欲横流的世界里，中华古文化与炎黄子孙们的内心正逐渐地、不可避免地形成了一段最遥远的距离。只是面对这一切，除了无尽的彷徨和永世的凝望之外，我们到底又能做些什么呢？

离开周庄的时候，天下起了雨，雨中的周庄在淡去了喧嚣之余，又多了几分江南的飘逸。只是我知道，这久违的飘逸又终归会同那四散的雨滴随风逝去。

我，没有回头。窗外，雨未停……

胡同生活的乐趣

权　昕

四方四正的北京城，大大小小的胡同数也数不清。我从小就生活在北京的胡同里，每天都感受着胡同生活的乐趣。

我家居住的这条胡同，很长，很狭窄。它西起南新华街，东到天安门广场，像一条长龙，横贯东西。这条胡同有不少的小分支。在我家院子旁边，就有一条偏僻的小胡同，连接着这条胡同与胡同后面的一个小区。那个小胡同上没有住户，路灯也因为年久失修而忽明忽暗，每到夜晚，伴着流浪猫凄厉的叫声，使得这个幽暗的小胡同有一种说不出的诡异，被人们戏称为“鬼街”。

我和邻家的小孩经常夜探“鬼街”。在漆黑的小胡同里，或在昏黄的、摇曳的路灯下，玩“杀人游戏”，或是请“笔仙”、“碟仙”。本来就阴森森的小胡同，再加上诡异的游戏，经常把自己吓得发抖，玩着玩着，就匆匆忙忙逃离了这个让人心惊胆战的小“鬼街”。15岁的我，再走上那条小胡同时，也常常吓得不敢回头，加快脚步，向着出口一个劲地猛冲……

在阳光暖融融的日子里，我们喜欢到正乙祠去。正乙祠现在是一个大戏楼，谁知道它静静地呆在这个小胡同里多少年了，还是北京市文物保护单位呢！我们去正乙祠蹭戏听。绕到后门那里，翻过院墙，偷偷地溜进去。我们常常先跑到后台去，给忙忙叨叨的戏子找点儿麻烦。比如，把小丑身上佩戴的刀，偷偷地换成一把只有主角才佩戴的宝剑；或是在花旦化妆的时候，趁她不注意，在红色的油彩里，兑上一点黑色……不好，主管“老顽固”发现我们了！他用太监一样难听的嗓音骂我们：“谁家的孩子！哪儿来的回哪儿去！”这时我们就会很不服气地跑到院长那里，一边哭一边添油加醋地告状：“主管虐待我们！”院长是一位70来岁的老人，满头白发，慈眉善目，他膝下无儿无女，对我们非常宠爱。他通常都会在楼上的一个角落找一张桌子，把我们安置在那里，让我们好好看戏，从来不管我们有没有买票。我们就会坐在那里，一边嗑瓜子，一边喝倒彩。时间长了，也对京剧有了许多兴趣。

春天里上房去摘香椿；夏天坐在门前的台阶上吃西瓜，或是雨天站在屋檐下，细数掉落的雨滴；秋天里约几个小伙伴，偷偷地摘邻家的柿子；冬天里打雪仗、堆雪人……北京的胡同里，总有数不清的乐趣。我真希望，能在北京的胡同里，快快乐乐地生活一辈子。